Patricia Murdoch

# Süße Rache



**Hase und Igel®**

Für Lehrkräfte gibt es zu diesem Buch
ausführliches Begleitmaterial beim Hase und Igel Verlag.


Die Originalausgabe erschien unter dem Titel „Exposure“
bei Orca Book Publishers.


www.hase-und-igel.de
Die Schreibweise folgt den Regeln der neuen Rechtschreibung.
Übersetzung: Johanna Ellsworth
Lektorat: Nadine Widl
Umschlaggestaltung: Appel Grafik München GmbH
Druck: CPI – Ebner & Spiegel, Ulm

ISBN 978-3-86760-104-7
1. Auflage 2010

# 1. Kapitel

Als ich die Schule betrat, sah ich Dana und Brynn. Sie steckten die Köpfe zusammen und flüsterten miteinander. Ich wollte auf keinen Fall an ihnen vorbeigehen. Sicher würde Dana wieder etwas Blödes sagen oder mich dazu bringen, meine Bücher fallen zu lassen – auf jeden Fall irgendetwas tun, um mich vor den anderen komplett zu blamieren.

Um die hundert Schüler drängten sich die Treppe hinauf. Ich bog nach rechts ab und ging über den Hauptflur zur anderen Treppe. Das dauerte zwar länger, aber so hatte ich wenigstens einen kurzen Augenblick meine Ruhe.

Meine beste Freundin Sammy versuchte gerade, ihren Rucksack in unser gemeinsames Schließfach zu stopfen.

„Da bist du ja endlich, Julie. Ich hab dich gar nicht gesehen. Ich hasse dieses ätzende Schließfach", zischte sie, während sie gegen den Rucksack stieß und trat.

„Ich brauche mein Mathebuch", sagte ich.

„Das soll wohl ein Witz sein. Gerade jetzt, wo ich es geschafft habe, das Ding hier unterzubringen. Hey, das Top ist ja super! Wann hast du das denn gekauft?“ Sie zerrte an ihrem Rucksack, um ihn wieder herauszuholen.

„Gestern. Es ist ein bisschen eng“, sagte ich. Mir war klar, dass jedes Fettpolster und jede Speckrolle zu sehen war.

„Das soll es ja auch sein. Es bringt all deine Vorteile zur Geltung.“

Ich musste lachen. „Ja, aber es bringt auch all meine Nachteile zur Geltung. Ich komme mir in dem Teil schon ein bisschen komisch vor.“

„Mach dir nichts draus“, sagte sie grinsend.

„Du hast gut reden, du bist ja auch superschlank. Wie kommt es eigentlich, dass du nie enge Sachen trägst?“, wollte ich wissen.

Sammy sah an sich herunter. „Was du schlank nennst, nennen andere Leute flach wie ein Brett – oder flach wie ein Junge, wie meine Schwester immer sagt.“

Sammy schien nie etwas aus der Ruhe bringen zu können. Sie konnte schon sauer werden, aber selbst dann nahm sie die Sache nicht allzu ernst.

Da sah ich, dass Dana auf uns zukam. Sofort verkrampfte ich mich.

„Wenn dein Bauch nicht weiter rausstehen würde als deine Titten, würde dein Top nicht so bescheuert aussehen", sagte sie im Vorbeigehen, ohne dabei ihren Schritt zu verlangsamen, geschweige denn mich anzusehen. Sie ließ einfach nur ihre Beleidigung fallen und ging ins Klassenzimmer.

„Hör nicht auf sie", sagte Sammy. „Du siehst gut aus." Sie gab mir mein Mathebuch und fing wieder an, ihren Rucksack ins Schließfach zu stopfen.

„Sie hat recht. Ich sehe wirklich fett und bescheuert aus. Ich wünschte, ich hätte es nicht angezogen." Ich hatte gewusst, dass so etwas passieren würde. Am Morgen hatte ich in den Spiegel geschaut und mir gesagt, dass ich lächerlich aussah. Aber ich hatte es satt, nie solche Klamotten wie alle anderen tragen zu können.

„Warum lässt du dich von der runterziehen? Wen interessiert schon, was sie denkt?", fragte Sammy.

„Ich kann dir sagen, wen es interessiert: die ganze Schule! Hast du dein Ersatz-Shirt für Sport noch hier?"

„Du lässt sie jedes Mal gewinnen."

„Tu ich gar nicht! Und jetzt gib mir endlich dein Shirt."

Sammy seufzte. „Das ist das letzte Mal, dass ich das olle Ding raushole. Sonst noch was?"

Mr Charles kam aus dem Klassenzimmer. „Beeilt euch, Mädels. Gleich fängt die Hymne an."

„Kann ich kurz auf die Toilette gehen? Ich muss mich umziehen", sagte ich und hielt als Beweis das Shirt hoch.

„Wenn es unbedingt sein muss."

„Sammy, komm mit", bettelte ich und packte sie am Arm.

„Man sollte doch meinen, dass du allein auf die Toilette gehen kannst", sagte Mr Charles. „Sammy, setz dich an deinen Platz."

Als er nicht hinsah, schielte Sammy und streckte ihm die Zunge raus. Ich grinste. Mr Charles drehte sich auf den Fersen um und sah mich misstrauisch an. Ich tat schnell so, als würde ich meinen steifen Hals dehnen.

Ich schlug mit beiden Handflächen gegen die Toilettentür. Das gab mir das Gefühl, als wäre das hier mein Reich. Zwei jüngere Mädchen waren gerade dabei, ihrem Make-up den letzten Schliff zu verpassen. Sie versuchten sicher schon, sich an die Jungs aus der Oberstufe ranzumachen. Vermutlich sogar erfolgreich. Eine von ihnen war dicker als ich, aber bestimmt ließ Dana sie in Ruhe. Ich betrachtete mein Spiegelbild. Eigentlich bin ich gar nicht so dick – jedenfalls nicht so dick wie die Leute, deren Oberschenkel aneinanderreiben und deren Bäuche herunterhängen. Ich habe einfach nur keine Taille. Ich sehe aus wie ein Zylinder.

Ich zog mir das Shirt über den Kopf. Sammy kaufte immer diese weiten, schlabbrigen Klamotten, die mir normalerweise passten – ihre Oberteile jedenfalls. Ihre Hosen dagegen nie.

Sofort fühlte ich mich wohler – versteckt, geschützt. Ich wartete noch ein paar Minuten und ging dann zurück ins Klassenzimmer.

In der nächsten Stunde hatten wir Englisch bei einer Vertretung, was immer eine willkommene Abwechslung bedeutete. Die Spannung in der Luft war beinahe greifbar. Es war fast ein bisschen wie Weihnachten. Aber dann sahen wir, wer die Vertretung war: die gute alte Lady Beeton. Na ganz toll!

Sie hatte früher an unserer Schule unterrichtet und war längst pensioniert. Seitdem arbeitete sie als Aushilfslehrerin. Offenbar musste sie sich und uns beweisen, dass sie es immer noch draufhatte.

Also wurde Josh, der Klassenclown, nach fünf Minuten zur Rektorin geschickt. Ihm folgte kurz darauf Devon. Mrs Beeton meckerte sogar an ein paar Mädchen herum. Die Stunde machte wirklich keinen Spaß. Wenigstens gab sie uns dann eine Aufgabe, die wir in Gruppen bearbeiten sollten. Während die Arbeitsaufträge vorgelesen wurden, gab ich Sammy unauffällig ein Zeichen. Wir würden uns wieder mit Marie und Sara zusammentun.

„Und ich bestimme die Arbeitsgruppen", verkündete Mrs Beeton in diesem Moment. „Die ersten beiden aus dem Alphabet mit den letzten beiden – und so weiter. Wem sein Team nicht gefällt, darf der Rektorin gern persönlich sein Leid klagen."

Mir drehte sich der Magen um. Ich war in Danas Gruppe. Reichte es denn nicht, dass ich in Mathe direkt vor ihr saß? Eigentlich war ich davon ausgegangen, dass Mr Charles der einzige Lehrer auf diesem Planeten war, der noch Gruppen nach dem Alphabet einteilte, aber Mrs Beeton wirkte sehr zufrieden mit ihrer tollen Idee. Vielleicht verlieren Lehrer ja mit dem Alter jeden noch so kleinen Anflug von Menschlichkeit.

Ich überlegte, welche Möglichkeiten mir blieben. Sollte ich vielleicht meinen Stuhl umwerfen, damit ich zur Rektorin geschickt wurde? Allerdings würde ich dann für eine Ewigkeit Hausarrest bekommen und meine Freizeit mit Mum verbringen müssen. Sollte ich Bauchkrämpfe oder Menstruationsbeschwerden vortäuschen und darum bitten, telefonieren zu dürfen? Wenn sie Mum dann endlich an der Strippe hätten, könnte ich sagen, dass es mir wieder besser ginge. Aber dann würde mich eine Standpauke darüber erwarten, dass ich genügend Schlaf bräuchte und nicht bis spät in die Nacht Musik hören sollte.

Dana hatte Ben und Tom, den beiden anderen aus unserer Gruppe, schon ihre Plätze zugewiesen. Ich nahm meine Sachen und ging zu ihnen hinüber.

„Das ist gut“, sagte sie sofort. „Julie wird in unserem Team für den hässlichen … äh, verlässlichen Touch sorgen.“

Die Jungs grinsten.

Am liebsten hätte ich Dana eine reingehauen, ihr die Augen ausgekratzt, ihr den Kopf weggeblasen. Stattdessen ließ ich mich auf den Stuhl fallen. „Wie du meinst.“

„Hat da etwa jemand schlechte Laune?“, erkundigte sich Dana mit honigsüßer Stimme.

Ich zupfte an der Spirale meines Collegeblocks herum, ohne sie eines Blickes zu würdigen.

„Also los, Herrschaften, fangt jetzt an, alle Orte zusammenzutragen, an denen der Roman spielt“, sagte Mrs Beeton. „Und dann macht ihr eine Liste mit sämtlichen Hauptfiguren und den Problemen, mit denen sie sich an diesen Orten auseinandersetzen müssen.“

Ich kannte den Roman schon auswendig. Ich hatte alle Einzelheiten im Kopf. Ich hätte die Aufgabe mit links machen können. Aber ich schwieg.

„Hat einer von euch dieses doofe Buch überhaupt gelesen?“, fragte Dana angewidert. „Ich hatte Wichtigeres zu tun, als meine Hausaufgaben zu machen.“

Keiner von uns sagte etwas dazu.

„Also gut, wenn ihr es unbedingt wissen wollt: Ich musste am Freitag shoppen gehen, und am Samstag war ich auf einer Party bei … uuups … das darf ich ja nicht verraten, aber er geht schon in die Zwölfte.“

Als ob das irgendjemanden interessiert, dachte ich. Halt einfach die Klappe.

„Die Jungs aus der Zwölften sind einfach viel besser als die Loser in unserer Klasse“, fuhr sie fort. „Ein ganzer Haufen von denen war auf der Party. Brynn und ich waren die Einzigen aus unserer Stufe.“

„Ein paar Arbeitsgruppen scheinen nicht recht in die Gänge zu kommen“, sagte Mrs Beeton mit einem drohenden Unterton.

„Ich hol Papier und Textmarker“, sagte ich. Mir war jede Ausrede recht, um von Dana wegzukommen.

Zu gern hätte ich Sammy erzählt, wie sehr Dana angab, aber Sammys Team diskutierte und arbeitete und hatte sogar schon etwas aufs Papier gebracht. Ich suchte die hässlichsten Farben aus, die ich in dem Plastikkörbchen finden konnte, und riss das Blatt so vom Notizblock ab, dass eine Ecke fehlte.

Ich warf die Sachen auf unseren Tisch und sagte: „Jemand anderer schreibt.“

Beeton machte ihren Kontrollgang.

„Ich mach's“, sagte Dana betont laut und vergnügt, als Beeton sich näherte.

„Ich wette, du hast es schon längst gemacht“, murmelte Ben.

Ich konnte einfach nicht anders und brach in schallendes Gelächter aus. Es muss ziemlich laut gewesen sein, denn die halbe Klasse starrte mich plötzlich an.

„Was ist denn so lustig, mein Fräulein?", wollte Mrs Beeton wissen.

Zu gern hätte ich der Klasse verraten, was Ben gesagt hatte, aber ich spürte, wie Danas kalte blaue Augen mich anfunkelten.

„Ach, nichts", murmelte ich.

„Dann mach dich wieder an die Arbeit und betrachte dies als Verwarnung."

„Ja, Ma'am." Mir war klar, dass ich knallrot geworden war.

Dana beugte sich über den Tisch und kam mir näher als je zuvor – von den etlichen Malen abgesehen, wo sie mich geschubst hatte. „Ich schwör dir: Wenn du dich noch einmal über mich lustig machst, du fette Kuh, dann sorg ich dafür, dass dein Leben an dieser Schule so unerträglich wird, dass du den Tag bereust, an dem du mir begegnet bist."

Dieser Tag lag schon Jahre zurück.

Ich schloss die Augen – besser Dunkelheit als Dana.

Den Rest der Schulstunde verbrachte ich damit, weiter in dem Loch herumzustochern, das ich in meinen Collegeblock gebohrt hatte.

Eines Tages würde ich ihr alles heimzahlen.

## 2. Kapitel

In der Mittagspause beschlossen Sammy und ich, etwas gegen die Unordnung in unserem Schließfach zu unternehmen. Es war zwar erst Anfang Oktober, aber bald würden wir darin auch noch unsere Winterjacken unterbringen müssen.

Dana stand auch vor ihrem Schließfach, doch Brandon war bei ihr, also war ich eine Weile unsichtbar für sie. Ich hätte sie gern ignoriert, aber sie war für mich wie ein eingerissener Fingernagel, den man einfach nicht in Ruhe lassen kann. Ich wünschte, das Stimmengewirr im Flur würde verstummen, damit ich ihre Unterhaltung besser hören könnte.

„Geh mal zur Seite“, forderte Dana Brandon auf. „Ich kann die verdammten Zahlen nicht sehen. Hast du ein Glück, dass du heute ausschlafen konntest! Und gestern Abend hast du mich nicht angerufen. Was für ein beschissener Tag.“

Brandon warf einen Blick zu uns herüber, als hätte er gespürt, dass ich die beiden beobachtete, doch ich tat so, als hätte ich nichts gemerkt. Er schlurfte ein paar Schritte zur Seite, um Dana Platz zu machen.

Ich ging auf die andere Seite unseres Schließfachs. So konnte ich sie besser beobachten, ohne den Kopf drehen zu müssen.

„Wie ist denn das Turnier gelaufen?", fragte sie. Ihre Stimme klang plötzlich weich und kindlich.

„Wir haben gewonnen. Natürlich. Wir werden die Qualifikationsrunde locker schaffen – und danach die Playoffs. Aber ich musste einige Strafminuten absitzen. Lächerlich. Der Schiedsrichter hatte es einfach auf mich abgesehen."

Brandon war echt ein heißer Typ, aber er redete immer nur über Eishockey. Alle sagten, dass er vielleicht sogar gut genug war, um Profispieler zu werden oder wenigstens an einem College ein Sportstipendium zu bekommen. Ich verstand einfach nicht, warum er sich mit Dana abgab. Sie war noch nicht mal besonders nett zu ihm. Aber sie war schließlich Dana. Sie bekam immer, was sie wollte.

Die Schulglocke läutete zum zweiten Mal.

„Ich muss los", sagte er.

„Rufst du mich an?", fragte sie.

„Ich versuch's, aber ich hab nachher noch mal Training und gestern Abend wurde es später als sonst. Deswegen habe ich auch nicht mehr bei dir angerufen!“, rief er ihr zu, während er den Flur hinunterlief.

Als er verschwunden war, entdeckte sie mich. „Was glotzt du denn so?“

Ich hielt den Blick starr nach vorn gerichtet und wartete einfach nur darauf, dass sie ins Klassenzimmer ging.

Kelsey kam vorbei und legte einen kleinen Zettel auf Danas Bücher. Dana bemerkte es offenbar nicht, denn der Zettel fiel auf den Boden. Ich wartete einen Moment, dann hob ich ihn auf.

„Ist das für mich?“, zischte sie mich an und streckte ihre Hand nach dem Zettel aus.

Ich zuckte mit den Schultern.

„Da steht NUR FÜR DANA drauf. Kannst du nicht lesen?“

Ich gab ihr den Zettel.

„Du hast ihn doch nicht etwa gelesen, oder?“

Ich schüttelte den Kopf.

„Dein Glück.“

Sie ging mit dem Zettel zu ihrem Tisch und ich folgte ihr mit einigen Schritten Abstand.

Es war mir zuwider, vor ihr sitzen zu müssen. Ich hasste die Vorstellung, dass sie auf meinen Hinterkopf starrte. Was, wenn ich Schuppen oder einen Pickel hatte? Manchmal fühlte ich ihren Blick wie Laserstrahlen, die sich in meinen Schädel bohrten. Ich wünschte, ich hätte das weite Sweatshirt angelassen. Als ich einen Blick über meine Schulter warf, sah ich, dass Dana wie gebannt auf meine Achsel starrte. Ich drehte mich wieder zur Tafel um und spürte wenig später, wie sich etwas direkt über dem BH in meinen Rücken bohrte.

Ich wischte mir über den Rücken und warf dabei Danas Stift auf den Boden. Hatte sie mich damit etwa angemalt?

„Toll, jetzt hast du es geschafft", sagte sie. „Heb ihn auf."

Überrumpelt bückte ich mich, um ihn aufzuheben. Als ich mich nach vorn beugte, rutschte mein Top hoch.

„Unterwäsche in XXL?", fragte sie so laut, dass es alle hören konnten.

Ich richtete mich auf. In meinem Kopf pochte es. Meine Arme fühlten sich an, als hätten sie nichts mit meinem Körper zu tun. Warum passierte immer mir so etwas?

Da stieß mich etwas Spitzes in den Rücken.

„Entschuldige, mein Buch ist runtergefallen. Hoffentlich hab ich dir nicht wehgetan."

Ich war nicht sicher, ob ich noch atmete. Ich wusste nicht, was ich tun sollte. Ich durfte keine Szene machen. Ich durfte nichts sagen. Ich durfte nicht losheulen. Das hätte es nur noch schlimmer gemacht. Mein Brustkorb zog sich zusammen und meine Lunge rang verzweifelt nach Luft. Ich sah zu Sammy hinüber. Sie starrte mich mit großen Augen an.

Dann hörte ich Dana leise fluchen, während sie den Zettel in kleine Stücke riss.

# 3. Kapitel

„Na, hat dir jemand gesagt, wie gut dir dein neues Top steht?", fragte meine Mutter, während sie die dampfende Lasagne auf die Teller verteilte.

Ich schwieg. Wollte sie das wirklich wissen? Ich sah meinem Bruder Zack zu, wie er sich ein riesiges Stück Brot in den Mund stopfte.

„Schatz?"

Was hätte ich sagen sollen? Die Wahrheit? Um Mum völlig fertigzumachen? Sie vielleicht sogar zum Weinen zu bringen? Ich hätte sagen sollen, dass alles in Ordnung war, dass Sammy gesagt hat, es sähe gut an mir aus. Aber ich konnte es einfach nicht. Also ging ich zum Angriff über. „Komm, sag es endlich: ‚Hab ich es nicht gleich gesagt?' Das willst du doch, oder? Schließlich hast du mir gesagt, ich soll es nicht anziehen."

Ihr fiel die Kinnlade herunter. „So hab ich es doch nicht …"

Jetzt konnte ich nicht mehr an mich halten. „Wenn du es genau wissen willst: Dana hat mich eine fette Kuh genannt. Sie hat mich verarscht und mir gedroht, dass sie alle gegen mich aufhetzen wird. Bist du nun zufrieden?"

Jetzt war mir noch elender zumute. Es war zu einfach, meine Mutter fertigzumachen. Sie ließ sich alles gefallen.

„Oh nein!“ Sie setzte sich. „Mein armes kleines Mädchen. Vielleicht hat sie es gar nicht so gemeint?“

Es war sinnlos, mit ihr darüber zu reden. „Ich hab dir doch gerade gesagt, dass sie sich über mich lustig gemacht hat. Wie kann man das nicht so meinen?“

„Julie, Schätzchen, du steigerst dich da in was hinein. Kannst du sie nicht einfach ignorieren?“

„Ich weiß gar nicht, warum ich dir überhaupt noch irgendwas erzähle.“

„Also, so geht das einfach nicht. Ich werde nicht in aller Seelenruhe zusehen, wenn mein Kind in der Schule gemobbt wird. Ich werde die Rektorin anrufen.“

Das hatte sie doch wohl nicht wirklich vor? „Bloß nicht, Mum, das würde alles nur noch schlimmer machen“, flehte ich.

„Gegen dieses Mädchen muss man doch was unternehmen!“, sagte sie.

Wenn die Rektorin mit Dana reden würde, könnte ich mein Leben total vergessen. Dann müsste ich die Schule wechseln. „Bitte tu's nicht, Mum."

„Ja, Mum, es wäre nicht gut, wenn du in der Schule anrufst", sagte mein Bruder.

Ich starrte ihn an. Rückendeckung von ihm? Ich konnte es nicht glauben.

„Dann rufe ich zumindest die Eltern dieses Mädchens an. Sie sollten wissen, wie gemein ihre Tochter zu anderen ist."

Das wurde ja immer schlimmer!

„Das ist auch keine gute Idee", meinte Zack. „Julie muss allein damit klarkommen. In ein paar Tagen ist die Sache gegessen. Dann suchen die sich ein anderes Opfer, das sie fertigmachen können."

„Ein anderes Kind? Das ist einfach nicht in Ordnung."

Andere Kinder waren mir egal. Mir war im Moment nur wichtig, dass meine Mutter nichts tat, was mein Überleben an der Schule unmöglich machen würde.

„Ich werde ihr aus dem Weg gehen, Mum, ehrlich. Und wenn sie sich noch mal über mich lustig macht, ignoriere ich sie einfach – wie du gesagt hast." Ich lächelte krampfhaft, um ihr zu zeigen, dass alles in bester Ordnung war.

„Das Ganze gefällt mir zwar nicht, aber wenn du meinst, werde ich nichts unternehmen. Solange du weißt, dass ich da bin, wenn du mich brauchst.“

„Das weiß ich doch, Mum.“ Ich wechselte das Thema. „Die Lasagne schmeckt super. Hast du was Neues ausprobiert?“ Ich spürte, wie sich meine Wut allmählich wieder in ihre Höhle zurückzog.

„Ich habe diesmal eine andere Käsesorte genommen. Ich hätte nicht gedacht, dass ihr das merkt.“

„Kann ich noch ein Stück haben?“, fragte ich. Ich hatte einen solchen Bärenhunger, dass ich die ganze Lasagne allein hätte aufessen können. Wenigstens gab es jede Menge frisches, warmes Brot dazu.

Zack und Mum unterhielten sich über die neue Schulordnung, die Rucksäcke und Handys verbieten sollte. Ich lächelte und nickte immer mal wieder, aber ich interessierte mich mehr für mein Essen.

Als wir das Geschirr abgeräumt hatten, ging ich ins Wohnzimmer. Zack spielte am alten Fernseher Videospiele und ich hatte den neuen für mich allein. Meine Lieblingsserie lief gerade. Der Hauptdarsteller sah mal wieder umwerfend aus.

„Wie kannst du dir bloß diesen Schwachsinn antun?“, fragte Zack, als er von seinem Videospiel aufsah.

In diesem Moment trat die Hauptdarstellerin auf. Sie hatte so gut wie nichts an. Sofort kam Zack herüber und setzte sich neben mich auf die Couch.

„Manchmal bist du ein echter Blödmann“, sagte ich. „Aber vorhin bei Mum hast du mir sehr geholfen.“

Er grunzte. „Ich hasse es, wenn sie sich so aufregt. Als ich letztes Jahr beim Football hingeflogen bin, hat sie mich gezwungen, in die Notaufnahme zu gehen, obwohl ich ihr gesagt habe, dass mir nichts fehlt. Und dann hat sie den Trainer angerufen und sich bei ihm beschwert, dass das Spiel zu brutal sei. Dieses Jahr hab ich erst gar nicht versucht, in die Mannschaft zu kommen.“

Mum meinte es zwar gut, aber sie hatte eben keine Ahnung, was in der Schule abging.

„Das Mädchen heißt also Dana?“, erkundigte sich Zack.

„Ja. Warum?“

„Ist sie hübsch? Lange braune Haare?“

„Ich würde sie zwar nicht als hübsch bezeichnen, aber sie hat wirklich braune Haare. Kennst du sie?" Er hatte jetzt meine volle Aufmerksamkeit.

„Nicht näher. Aber es kann sein, dass sie eins der Mädels war, die am Samstagabend auf Scotts Party aufgetaucht sind."

„Ja, Dana hat mit einer Party angegeben. War sie mit einer Dünnen namens Brynn zusammen da? Eher hässlich, mit Zahnspange?", fragte ich.

„Das müssen sie gewesen sein. Lächerlich. Sie machten sich die ganze Zeit an Scott ran. Redeten davon, wie viel sie trinken können. Alle haben sich über sie lustig gemacht."

Ich konnte es mir nicht verkneifen, schadenfroh zu grinsen. „Wie sind sie überhaupt auf die Party gekommen?"

„Keine Ahnung. Irgendjemand kannte jemanden, der dachte, sie wären vielleicht eine gute Option für die Party. Jedenfalls Dana. Brynn war nur Teil des Geschäfts."

Im Fernsehen kam jetzt Werbung und Zack stand auf. Ich wollte unbedingt noch mehr hören – er konnte doch jetzt nicht aufhören! Aber wenn ich zu viel Interesse zeigte, würde er womöglich glauben, es sei ein Fehler gewesen, mir überhaupt was zu erzählen.

„Ach ja?" Ich bemühte mich, ganz cool zu klingen. „Und was bedeutet ‚eine gute Option'?"

„Wehe, du erzählst es irgendjemandem – du wirst es bereuen, das schwöre ich dir."

Warum drohten mir eigentlich ständig alle? „Ich sag keinem ein Wort davon."

„Na ja, Scott ist ein echtes Schwein. Es macht ihn an, von den Mädels umschwärmt zu werden." Er lächelte. „Nicht, dass ich selbst was dagegen hätte – aber mit Kindern? Das ist einfach bloß pervers. Er tut so, als wäre er ein Star und sie seine Groupies."

„Treibt er … treiben sie … du weißt schon?", wollte ich wissen. „Treibt er es mit ihnen?" Die Vorstellung war abstoßend und faszinierend zugleich.

Zack schüttelte den Kopf. „So blöd ist er nicht. Wenn er das täte, könnte er im Knast landen. Aber er macht gern alles – außer eben bis zum Letzten zu gehen. Manche Sachen, die er von ihnen verlangt, sind nicht okay. Und danach schießt er sie einfach ab."

Mir war, als würde ich auf Wolken schweben. Ich hatte jetzt einen riesigen Berg an wundervollen Infos über Dana. „Schießt er sie immer ab?"

Zack nickte. „Er gibt sich nicht lange mit ihnen ab. Wenn seine Freundin es herausfindet, bringt sie ihn um."

„Ach, er hat eine Freundin? Und trotzdem tut er so was?" Ich konnte es nicht glauben. Aber auf der anderen Seite hatte Dana ihren Brandon – und dennoch war sie auf der Party gewesen und hatte diese Sachen gemacht. Ich fragte mich, ob Scott von Brandon wusste – und ob es ihn überhaupt interessierte.

„Sagenhaft, was der sich alles leisten kann. Immer wenn sie misstrauisch wird, sagt er einfach: Die ist doch mit einem anderen zusammen. Seine Freundin ist nicht gerade die hellste Kerze im Leuchter."

Ich brannte darauf, Sammy diese Neuigkeiten zu erzählen.

„Erzähl das ja niemandem", warnte mich Zack. „Hast du gehört? Keiner Menschenseele! Wenn Scott rauskriegt, von wem die Info kommt, lässt er mich zusammenschlagen."

Er sah aus, als würde er das ernst meinen. Hier bei uns? Hier konnten Leute andere zusammenschlagen lassen? Das klang ja wie im Krimi!

„Ich hätte es dir gar nicht sagen sollen."

„Ich werde es nicht weitererzählen, versprochen. Ehrlich, ich sag es nicht weiter." Ich wollte es wirklich für mich behalten. Zumindest wollte ich es versuchen – ihm zuliebe.

„Erzähl es auch nicht deiner durchgeknallten Freundin."

„Sammy ist nicht durchgeknallt", verteidigte ich sie. Na ja, hin und wieder vielleicht doch.

„Ja, sicher."

„Da redet der Richtige! Du bist doch derjenige mit den kranken Freunden. Wie kommt es eigentlich, dass du dich mit Leuten wie Scott abgibst?", gab ich zurück.

Zack zuckte mit den Schultern. „Ich hab sonst nichts zu tun. Außerdem ist es unterhaltsam mit ihm. Und manchmal fallen ein paar Mädels für uns ab."

Das erstaunte mich. Zack war zwar meistens ziemlich nervig, aber ich hätte nicht gedacht, dass er auf die Ausschussware anderer angewiesen war. Mir war sogar aufgefallen, dass einige Mädchen ihn gar nicht so übel fanden.

„Worüber unterhaltet ihr euch denn so intensiv?", wollte Mum wissen, die plötzlich im Türrahmen stand.

„Ach, nichts“, sagte ich. Wenn ich es ihr gesagt hätte, wäre sie ausgeflippt. Es war zwar verlockend, ihre Reaktion zu erleben, aber ich dachte nicht im Ernst daran. Meine kurz angebundene Antwort schien sie genug zu kränken. „Na ja, du kennst doch Zack, Mum – alles, worüber der redet, sind seine bescheuerten Videospiele“, fügte ich mit schlechtem Gewissen hinzu.

„Du musst dir wirklich ein paar Hobbys zulegen, Zack“, ermahnte sie ihn. „Gibt es denn gar kein Mädchen, für das du dich interessierst?“

„Also echt, Mum“, erwiderte er nüchtern.

„Ist ja schon gut, ich weiß, geht mich nichts an.“ Sie lächelte und verschwand.

Zack setzte sich wieder den Kopfhörer auf und ich wandte mich wieder der Fernsehserie zu, auch wenn sie mich nicht mehr richtig interessierte. Danas schmutzige Wäsche ging mir einfach nicht aus dem Kopf.

## 4. Kapitel

Am nächsten Morgen war mir bei der Vorstellung, in die Schule zu gehen, so leicht zumute wie schon lange nicht mehr. Als der Gong ertönte, zögerte ich nicht wie sonst. Stattdessen holte ich Sammy ein und ging mit ihr die Haupttreppe hinauf.

Oben stand Dana. Sie wirkte noch fieser als sonst. Sie hatte sich mitten auf dem Treppenabsatz so aufgebaut, dass jeder sie beim Vorbeilaufen sehen musste. Ich verkrampfte die Schulterblätter und wartete darauf, was sie mir antun würde. Obwohl ich nun eine ganze Menge Informationen über sie hatte, machte sie mir immer noch Angst.

Sie blickte mich an und schüttelte den Kopf. Dann wandte sie sich wieder ihrer kleinen Clique zu.

Das war schlimmer als ein dummer Spruch. Sie hatte den Kopf geschüttelt, als sei ich nur ein totes Tier am Straßenrand, für das sie einen Hauch von Mitleid empfand. Sie wusste ja nicht, was ich wusste.

„Heißt der Neue nicht Scott?“, fragte ich laut.

„Welcher Neue?“, fragte Sammy zurück. „Von wem redest du denn?“

Ich ignorierte sie. Stattdessen beobachtete ich Dana, um zu sehen, ob sie auf den Namen reagieren würde. Und wie sie das tat! Sie drehte sich auf der Stelle um und starrte mich an.

„Ja, ich hab gehört, er heißt Scott“, wiederholte ich.

Dana sah mich mit zusammengekniffenen Augen an.

„Noch mal“, sagte Sammy, „von wem redest du überhaupt?“

Ich wurde plötzlich von einem Gefühl unglaublicher Macht ergriffen. In diesem Augenblick hatte ich Dana in der Hand. Ich wollte die Situation auskosten und Dana ausquetschen wie eine Zitrone.

„Bin ich unsichtbar geworden?“, erkundigte sich Sammy. Sie gab mir einen Schubs. „Erde an Julie, bitte melden! Welcher Neue?“

Dana starrte mich immer noch an.

Ich spürte, wie mein Oberwasser versickerte. „Äh … ach, so ein Typ, der vor Kurzem hergezogen ist.“

Sofort entspannte sich Danas Gesicht wieder. Dann verzogen sich ihre Mundwinkel zu einem spöttischen Grinsen. „Hey, wenn er neu hier ist, dann hat er vielleicht noch gar nicht mitgekriegt, was für ein toller Fang du bist. Schnapp ihn dir!" Und mit diesen Worten ging sie zu ihrem Schließfach.

Die anderen kicherten.

In weniger als einer Minute hatte ich mich von der Herrscherin des Universums in ein dickes, fettes Nichts verwandelt.

„Was sollte denn das gerade?", fragte Sammy. „Manchmal bist du echt noch durchgeknallter als ich."

Doch mir war nicht danach zumute, ihr jetzt die ganze Geschichte zu erzählen. Ich suchte lieber Schutz in der Mädchentoilette.

Die beiden Mädchen, die am Waschbecken standen, starrten mich an. Ich flüchtete in eine der Kabinen. Die Tür hing schief im Rahmen und ich konnte sie nicht abschließen. Also lehnte ich mich mit dem Rücken dagegen.

Dana hatte schon wieder gewonnen. Das war zu viel. Ich versetzte dem Klopapierhalter einen Fußtritt. Die Blechklappe löste sich an einer Seite. Sie war verbeult und verbogen. Warum hatte ich das getan? Immer wenn ich mich aufregte, passierte etwas Schlimmes. Bestimmt würde mich jemand verraten. Das taten sie immer. Plötzlich musste ich lachen. Auch ich konnte andere verraten.

Ich musste einen Weg finden, um mich an Dana zu rächen. Wenigstens ein einziges Mal sollte auch sie sich wie eine Versagerin fühlen.

Es gongte. Ich berührte vorsichtig den Papierhalter. Es fühlte sich so an, als würde er gleich herunterfallen. Ich tätschelte ihn sanft, als sei er ein kleiner Hund, der keine Dummheiten machen sollte. Dann ging ich ins Klassenzimmer.

„Was hast du denn gehabt?“, wollte Sammy wissen. „Und warum war Dana so seltsam drauf?“

Ich fragte mich, ob ich es ihr sagen sollte. Zack hatte mich zwar davor gewarnt, aber mir war klar, dass es nur eine Frage der Zeit war, wann ich ihr alles erzählen würde. Ich hatte es noch nie geschafft, Geheimnisse vor ihr zu haben. Ich hatte es auch noch nie gewollt. Je früher ich es ihr also erzählte, desto besser.

Der Lehrer gab uns Anweisungen und zog sich an sein Pult zurück. Wir sollten zwei Bücher vom selben Autor miteinander vergleichen. Sammy und ich hatten das eine schon gelesen und fragten deshalb, ob wir in die Schulbücherei gehen dürften, um uns das zweite Buch auszuleihen.

Seufzend nickte er. „Wenn es unbedingt sein muss …"

Wir suchten das Buch heraus und machten es uns an unserem Lieblingsplatz unter der provisorischen Bühne gemütlich. Ich erzählte ihr alles. Na ja, fast alles. Die Sache mit der Ausschussware, die für Zack abfiel, ließ ich weg.

„Das Ganze ist so armselig! Und eine Freundin hat er auch?"

„Ja – und was ist mit Brandon?", fragte ich.

„Du hast recht. Da stimmt auch irgendwas nicht. Er ist heute früh nicht vor Danas Schließfach aufgetaucht und Brynn ist wie ein aufgescheuchtes Huhn herumgelaufen und hat mit allen geredet. Ich glaube, es hatte was mit Amy zu tun."

„Das klingt toll! Hoffentlich ist da was im Gange, das Dana komplett fertigmacht", sagte ich.

„Ist das nicht ein bisschen hart?"

„Na ja. Du weißt doch, wie sie mich behandelt", verteidigte ich mich.

„Vielleicht solltest du dir einfach wünschen, dass sie dich in Ruhe lässt."

Als ob das genug wäre, dachte ich. Aber Sammy wollte immer nur Friede, Freude, Eierkuchen.

„Klar“, erwiderte ich. „Das wäre schön.“ Es war höchste Zeit, das Thema zu wechseln. „Ich frag mich, ob wir uns eines Tages wegen Typen wie Scott Sorgen machen müssen.“

„Irgendwie hab ich so meine Zweifel, dass sie je hinter uns her sein werden“, gab sie zurück.

Es dauerte einen Moment, bis mir die Wahrheit ihrer Bemerkung so richtig klar wurde.

„Aber nicht, weil wir Loser sind“, sagte Sammy hastig. „Sie sind die Loser.“

„Da bin ich mir nicht so sicher“, entgegnete ich.

## 5. Kapitel

In der nächsten Schulstunde saß ich neben Sammy ganz hinten im Klassenzimmer. Von dort aus konnten wir alles überblicken. Vor allem aber gab es keine Dana, die hinter mir saß.

Zwischen Amy und Dana braute sich ein Streit zusammen. Sie hatten zwar kein Wort miteinander gewechselt, aber alle im Raum spürten, dass etwas in der Luft lag. Es war, als wäre ich völlig von Danas Radarschirm verschwunden. Das Leben könnte so schön sein, wenn es immer so wäre.

Am Freitagabend kam Sammy zu mir. Wir wollten uns einen Spielfilm ansehen.

„Um Punkt zehn hole ich dich ab, also warte vor dem Haus auf mich“, wiederholte Sammy genervt die Abschiedsworte ihrer Mutter.

Ich musste lachen. „Ich wünschte, du könntest hier übernachten. Zack ist heute nicht da und meine Mutter geht immer früh ins Bett. Ich hasse es, allein fernzusehen.“

„Ich auch. Aber Mum sagt, ich bekomme nicht genug Schlaf, wenn ich hier übernachte. Ich hab morgen früh um acht Uhr Tanztraining.“

Man konnte von Glück reden, wenn Sammy mehr als drei- bis viermal im Jahr bei mir übernachten durfte. Es war sinnlos, sich darüber aufzuregen.

„Ich hab ein paar Filme ausgeliehen." Ich legte die DVDs zur Auswahl auf den Couchtisch.

„Wo ist denn Zack?"

Ich blickte auf. „Iiiih – du stehst doch nicht etwa auf ihn, oder?"

„Nein, es war nur eine Frage. Ich wollte bloß ein höfliches Interesse an den Aktivitäten meiner besten Freundin und ihrer Familie bekunden."

„Aber du hast nach Zack gefragt. Allein die Vorstellung – du mit meinem Bruder! Außerdem ist er sowieso zu alt für dich."

„Er ist bloß ein paar Jahre älter als ich", meinte Sammy. „Mein Dad ist zehn Jahre älter als meine Mum."

„Das ist was anderes. Außerdem: Als ob dir deine Mutter ein Date mit einem Jungen erlauben würde."

„Wenn ich fünfundzwanzig und verheiratet bin, darf ich Dates haben."

„Wenn du verheiratet bist?"

„Sagt meine Mutter."

Um Punkt zehn Uhr verabschiedete sich Sammy. Bald darauf ging meine Mutter ins Bett. Ich schlurfte zurück ins Wohnzimmer und sah mir einen zweiten Film an. Es machte viel mehr Spaß, wenn Sammy dabei war.

Um elf Uhr hörte ich, wie die Hintertür aufgemacht wurde. Für Zack war das noch viel zu früh. Was, wenn es ein Einbrecher war? Bevor ich mir überlegen konnte, wo ich mich verstecken sollte, hörte ich Zack fluchen. Er war über den Hund gestolpert.

„Du bist noch auf?", fragte Zack, als er ins Zimmer kam. Er hatte offensichtlich schlechte Laune.

„Du hast mich zu Tode erschreckt!", sagte ich sauer. „Warum bist du schon so früh zurück?"

„Geht dich nichts an." Er setzte sich aufs Sofa, schnappte sich die Fernbedienung und schaltete um.

„Hey, das wollte ich sehen", sagte ich.

„Na, und wenn schon", gab Zack zurück.

„Warum bist du denn so gereizt? Ist heute kein Mädchen für dich abgefallen, oder was?"

„Halt die Klappe!", fauchte er wütend.

Das hatte gesessen. „War ja bloß eine Frage."

Sein Atem roch nach Bier.

Er zappte ziellos durch alle Kanäle. „Gibt's in diesem Haus irgendwas zu essen?"

„Es gibt noch Chips. Wenn du willst, hol ich sie."

Er nickte.

Ich ging in die Küche. Irgendwas stimmte nicht. Zack war sonst nie so gereizt. Er ließ immer alles an sich abprallen. Ich holte eine Tüte Chips aus dem Schrank und nahm zwei Dosen Cola aus dem Kühlschrank.

Als er mir die Dose abnahm, zitterte seine Hand.

„Ist mit dir alles okay?", erkundigte ich mich. Er schwieg. „Was ist heute Abend passiert?"

Bei seiner Antwort starrte er vor sich hin, als würde er mit dem Fernseher reden. „Wir waren draußen im Wald – du weißt schon, hinten bei den Sanddünen."

Ich nickte.

„Wir haben ein kleines Lagerfeuer gemacht und ein paar CDs gehört. Es waren jede Menge Leute da. Eine Kühlbox voller Drinks und irgendjemand hatte ein paar Joints dabei. Es war echt cool."

Ich knabberte an einem Kartoffelchip herum.

„Die Mädels aus deiner Stufe waren auch da. Diese Dana hat hintereinander drei Flaschen von diesem widerlichen roten Alkopops-Zeug weggetrunken."

Er öffnete die Dose, zog den Verschluss ab und schleuderte ihn gegen die Wand. „Alles war okay. Ein paar Leute haben angefangen zu tanzen."

Ich nahm einen Schluck Cola.

„Aber Scott, Mann, der hat echt ein Problem. Er hat den Mädchen immer mehr Alkohol gegeben. Und dann sollte jede, die noch ein Bier wollte, ihm zuerst einen Kuss geben. Am Anfang war es noch ganz witzig, aber die Mädchen wurden immer betrunkener. Eine von ihnen hat direkt am Feuer gekotzt. Wir haben Sand darübergeschüttet, aber es hat trotzdem noch gestunken."

Ich wartete gespannt, während er die ganze Dose auf einmal leerte und dann ausgiebig rülpste. Ich fühlte mich wie im Kino.

„Und dann holt Scott seine Digitalkamera raus und erzählt mir, dass er so einen Typen in Toronto kennt, der ihm zweihundert Mäuse für eine volle Speicherkarte mit Fotos von Mädels drauf zahlt."

Ich fröstelte und legte mir die Wolldecke um die Schultern.

„Also fing er an, lauter Bilder zu machen …" Zack stockte und rieb sich den Nacken. „Die Mädels waren zu fertig, um es mitzukriegen. Ein paar von denen haben dann sogar angefangen, ihre Tops auszuziehen. Und Scott hat ein Foto nach dem anderen geschossen. Er hat nur manchmal kurze Pausen eingelegt, um die Bilder zu löschen, auf denen nichts zu sehen war." Er holte tief Luft.

Ich wartete.

„Dann wollte Scott plötzlich, dass wir alle mitmachen. Ich dachte mir erst, die anderen müssten schon ziemlich bescheuert sein, um so was vor der Kamera zu machen. Aber bescheuert ist ja gar kein Ausdruck für diese Vollidioten! Sie fingen also wirklich an, wild herumzuknutschen, und Scott brachte sogar eines der Mädchen dazu … nein, das sag ich dir lieber nicht … Ich wollte eigentlich abhauen, einfach unauffällig verschwinden. Aber dann hat plötzlich einer der Typen geschrien, dass die Bullen kommen. Die Mädchen haben angefangen zu kreischen. Brynn hat versucht, Dana dazu zu bringen, sich wieder anzuziehen. Ich bin abgehauen – und habe dann gemerkt, dass ich meinen Rucksack vergessen hatte. Also bin ich zurückgelaufen, um ihn zu holen. Ich sah, wie die Bullen mit Dana und ein paar anderen Mädchen redeten, die zu betrunken waren, um wegzurennen. Sie haben mich nicht bemerkt. Einer der Streifenwagen blockierte die Zufahrt zum Parkplatz, aber Steve hatte vorne an der Straße geparkt, und so konnte ich bei ihm mitfahren."

Ich wusste nicht, was ich sagen sollte. Ich war froh, dass er wieder zu Hause war und dass die Polizei ihn nicht geschnappt hatte. Aber noch mehr freute mich, dass Dana erwischt worden war.

„Sag Mum lieber nichts davon", sagte er.

Mum davon zu erzählen, war so ziemlich das Letzte, woran ich gerade dachte. „Was wirst du jetzt tun?"

„Nichts." Er stand auf. „Außer mich in Zukunft definitiv von Scott fernzuhalten." Er ging nach oben.

Ich starrte noch ein paar Minuten auf den Bildschirm, ohne den Film wahrzunehmen. Es gab vieles, worüber ich nachdenken musste. Dann machte ich den Fernseher aus und ging zur Lampe, um das Licht auszuschalten. Dabei stolperte ich über Zacks Rucksack.

Wenn Mum in seinem Rucksack Bierflaschen fand, würde sie ausrasten. Sie hielt ihn immer noch für einen lieben, braven Jungen. Ich warf einen Blick hinein. Unter seinem Sweatshirt lag eine Digitalkamera.

## 6. Kapitel

Ich schlief furchtbar schlecht. Immer wieder schreckte ich hoch. Dabei hätte ich nicht sagen können, ob ich wach war und dachte, ich würde schlafen, oder ob ich schlief und träumte, ich wäre wach. Meine Gedanken kreisten um die Kamera. Ich wollte unbedingt die Bilder sehen, die darauf gespeichert waren, aber unser Computer steht im Wohnzimmer. Mitten in der Nacht durch unser hellhöriges Haus zu laufen, war zu gefährlich. Zack oder Mum konnten leicht mitbekommen, was ich tat. Ich entschied, es ganz früh am nächsten Morgen zu tun, bevor die anderen aufwachten.

Mein Wecker klingelte um sechs Uhr. Zacks Rucksack stand noch am selben Platz wie am Abend davor. Ich nahm die Kamera und holte die Speicherkarte heraus. Sie sah so winzig und harmlos aus. „Jetzt wollen wir mal sehen, was du zu bieten hast." Auf Zehenspitzen schlich ich durchs Wohnzimmer.

Nach wenigen Mausklicks tauchte das erste Bild auf dem Monitor auf. Die Leute darauf waren kaum zu erkennen; sie waren zu weit weg und das Blitzlicht war zu hell. Das nächste Foto war besser. Darauf tanzte Dana. Sie schwenkte ihre Arme in der Luft und es waren mehrere Jungs zu sehen, die sie anstarrten. Auf den nächsten Bildern waren knutschende Pärchen zu sehen. Ich konnte es nicht deutlich erkennen, aber eines der Mädchen sah aus wie Dana. Eine Aufnahme zeigte Zack mit ein paar anderen Jungs. Sie saßen da mit Bierflaschen in den Händen.

Die Bilder machten mich fertig. Ich wollte sie mir nicht länger ansehen, aber es war, wie wenn man an einem Unfall vorbeifährt. Ich sah wie gebannt hin. Dana war oben ohne. Die Jungs kamen immer näher. Es wirkte nicht romantisch wie im Fernsehen. Es wirkte kalt und bedrohlich.

Auf einem der letzten Fotos war ein Mädchen zu sehen, das in Zacks Richtung geschubst wurde – und er hielt die Arme auf. Also war er doch nicht so unbeteiligt gewesen, wie er erzählt hatte.

Das letzte Bild zeigte einen Jungen, der die Kamera auf sich selbst richtete. Das Foto war zwar unscharf und das Blitzlicht erhellte seine Nase, aber man konnte erkennen, dass er grinste. Das musste Scott sein.

Ich nahm die Speicherkarte aus dem PC. Mir war schlecht. Die Bilder waren widerlich. Scott war ein mieser Kerl. Es gab auch ein paar üble Fotos von Zack. Vor allem aber … vor allem hatte ich jetzt etwas gegen Dana in der Hand, etwas Richtiges – und das konnte alles ändern.

Es gab auf einmal so viele Optionen: Ich konnte Dana verraten, dass ich die Fotos hatte, und sollte sie mich jemals wieder ärgern, würde ich allen die Bilder zeigen. Also wie eine Versicherung, die mich vor Dana schützte. Oder ich konnte ein paar der Bilder ausdrucken und hier und da in der Schule verteilen. Dana müsste die Schule wechseln. Mir klopfte das Herz bis zum Hals.

Dann hatte ich eine herrlich gemeine Idee: Ich konnte Scott die Fotos zurückgeben, damit er sie an seinen Abnehmer in Toronto verkaufte. So hätte jeder Perverse auf der Welt die Chance, einen Blick auf Dana zu werfen.

Ich merkte, dass ich vor Aufregung an meinen Fingernägeln kaute. Ich hatte schon hundert Mal versucht, es mir abzugewöhnen, aber ich schaffte es einfach nicht. Mittel- und Zeigefinger hatte ich schon bis zum Nagelbett heruntergeknabbert.

Wusste Zack eigentlich, dass die Kamera in seinem Rucksack war? Gestern Abend hatte er das nicht erwähnt, aber vielleicht hatte er einen Grund, es zu verschweigen. Aber wenn er die Kamera nicht selbst eingesteckt hatte, wer dann? Scott? Wenn Scott es gewesen war, würde er sie definitiv zurückhaben wollen. Wann würde er kommen, um sie zu holen?

Ich konnte die Speicherkarte nicht behalten, natürlich nicht. Es würde bestimmt auffallen, wenn sie weg war. Aber ich konnte die Bilder kopieren …

Ich hörte Geräusche im ersten Stock. Unser Hund schlich in Mums Zimmer umher. Jeden Morgen wartete er, bis sie aufstand, und verließ erst dann ihr Zimmer. Ich lauschte. Es war sonst nichts zu hören. Ich war froh, dass ich den PC noch nicht ausgeschaltet hatte, und brannte die Fotos auf eine CD.

Dann hörte ich das Wasser im Bad laufen. Hastig stopfte ich die Kamera wieder in den Rucksack. Die Pfoten des Hundes tappten über das Holzparkett. Die CD. Die musste ich noch verstecken! Während Mum in der Küche Kaffee aufsetzte, schlich ich in mein Zimmer. Wo konnte ich sie bloß verstecken? Mum betrat mein Zimmer zwar nur selten, aber manchmal sammelte sie meine Schmutzwäsche ein oder bezog das Bett neu. Wo schaute sie grundsätzlich nicht hin? Plötzlich sah alles in meinem Zimmer so aus, als hätte meine Mutter einen Grund, es in die Hand zu nehmen. Alles außer dem unordentlichen Haufen aus Zetteln und Papieren auf meinem Schreibtisch. Da war noch Zeug vom letzten Jahr dabei. Ich steckte die CD einfach mitten rein – dort war sie sicher.

„Morgen, Liebling", sagte meine Mutter.

Ich zuckte zusammen.

„Ich wollte dich nicht erschrecken. Aber ich habe gehört, dass du schon wach bist. Du bist früh aufgestanden."

„Ich konnte nicht schlafen. Und du? Wie hast du geschlafen?"

„Ich hab gehört, wie Zack gestern Abend nach Hause gekommen ist. Schön, dass er nicht so lange unterwegs war. Manchmal mach ich mir Sorgen um ihn." Sie beugte sich zu mir und küsste mich auf die Wange. „Ich bin so froh, dass wenigstens du mir keinen Grund zur Sorge gibst. Soll ich dir heute mal etwas Besonderes zum Frühstück machen?"

„Gerne", antwortete ich. „Waffeln?"

„Kriegst du."

Sie ging zurück in die Küche. Ich ließ mich auf mein Bett fallen und starrte an die Decke. Ich war erschöpft – dabei war es noch nicht einmal halb sieben.

## 7. Kapitel

Seit unserer Kindheit sahen Zack und ich uns samstagmorgens die Zeichentrickfilme im Fernsehen an. Früher waren wir schon in der Morgendämmerung aufgestanden, aber je älter wir wurden, desto länger schliefen wir. An diesem Morgen konnte ich einfach nicht warten, bis Zack von sich aus aufwachte. Die Minuten dehnten sich endlos. Um neun klopfte ich an seine Tür.

„Verschwinde", reagierte eine schlaftrunkene Stimme.

„Bist du wach?", fragte ich.

„Bist du taub?", gab Zack etwas lauter zurück. „Hau endlich ab."

„Ich muss mit dir reden", sagte ich zur Tür. Dann drückte ich langsam die Klinke herunter. „Ehrlich, Zack, es ist wichtig. Ich komm jetzt rein."

Er lag unter den Decken und Kissen vergraben. „Was ist los?"

„Es ist wegen gestern Abend … Als ich heute Morgen ferngesehen habe, hab ich aus Versehen deinen Rucksack aufgehoben und … und dabei ist eine Kamera rausgefallen."

Abrupt setzte Zack sich auf. „Was?“

„Na ja, wie gesagt: Es war ein Versehen, aber da ist eine Kamera rausgefallen. Und du hast doch gestern gesagt, dass die eine Kamera hatten.“

„Sie ist in meinem Rucksack? Wer hat sie da reingesteckt?“

„Woher soll ich das wissen?“

„Zeig sie mir.“

„Ich hab sie wieder in den Rucksack getan. Er ist im Wohnzimmer.“

„Geh raus, damit ich mich anziehen kann.“

Ich machte die Tür zu und ging hinunter ins Wohnzimmer. Ein paar Augenblicke später wühlte Zack in seinem Rucksack herum.

Dann fluchte er. „Die darf ich nicht haben“, sagte er und hielt die Kamera so weit von sich weg, wie er nur konnte.

„Ich wette, Scott will sie wiederhaben“, sagte ich.

„Ach, sag bloß …“

Das Telefon klingelte. Es klingelte und klingelte. Schließlich hob ich den Hörer ab. Es war Sammy. „Hast du’s schon gehört?“ Sammy schrie vor Aufregung so laut in den Hörer, dass mir fast das Ohr abfiel.

„Was?“, fragte ich.

„Gestern Nacht war die Polizei bei Danas Eltern. Meine Mutter hat es von der besten Freundin von Danas Mutter erfahren. Dana ist gestern Abend brutal überfallen worden oder so was, und jetzt sucht die Polizei nach den Tätern.“

Ich sah Zack an. „Weiß die Polizei denn, wer es war?“

„Ich glaube nicht. Sieht so aus, als würde sich Dana nicht mehr an viel erinnern, wenigstens sagt sie das. Aber warum sollte sie die Typen schützen? Sie haben aber ein paar andere Leute geschnappt. So was Heftiges ist hier in der Gegend noch nie passiert! Gott, wie aufregend! Und was sagst du dazu?“

„Ist sie verletzt?“

„Ich glaube nicht. Aber meine Mutter sagt, ihre Eltern würden ihre Anwälte anrufen und vielleicht sogar einen Privatdetektiv anheuern. Außerdem werden sie Dana zu einer Psychologin schicken.“ Sie holte tief Luft. „Ich frag mich, wer es war. Glaubst du, Zack weiß es vielleicht? Frag ihn mal, okay?“

Ich hätte am liebsten aufgelegt. Sammys Geplapper nervte mich. „Meine Mutter will, dass ich eine Pfütze aufwische, die der Hund gemacht hat. Lass mich wissen, wenn du was Neues hörst, okay?“

„Ja, okay. Bei deinem Hass auf Dana – hätte gedacht, du freust dich mehr über diese Neuigkeiten“, sagte sie.

„Das tu ich ja auch. Ich hab bloß letzte Nacht nicht besonders gut geschlafen. Ich ruf dich heute Nachmittag an.“

Sie legte auf.

„Wer war das?“, wollte Zack wissen.

„Sammy. Ihre Mutter hat mit einer Freundin von Danas Mutter gesprochen. Die Polizei und alle möglichen Leute versuchen herauszufinden, wer Dana überfallen hat.“

„Was meinst du mit ‚überfallen‘? Niemand hat sie angefasst. “

„Das behauptet ihre Mutter.“

„Vielleicht versuchen sie, es so aussehen zu lassen, als wäre es nicht ihre Schuld gewesen. Ich wusste von Anfang an, dass es mit diesen Kindern nur Ärger geben würde.“

„Du hast doch die Kamera“, sagte ich. „Damit kannst du beweisen, dass sie mitgemacht hat.“

Wieder fluchte Zack.

„Was wirst du damit tun?", fragte ich. „Wirst du sie der Polizei geben?"

Zack sah mich an, als hätte ich den Verstand verloren. „Weißt du, was passiert, wenn ich das tue? Was für Probleme dann alle bekommen?"

„Aber was ist, wenn die Polizei herausfindet, dass du dabei warst? Und die Beamten unser Haus durchsuchen und die Kamera finden?"

„Das können sie doch nicht machen, oder?", fragte er.

„Ich weiß nicht. Ich glaube, die können so ziemlich alles machen, was sie wollen. Du musst die Kamera loswerden."

„Das ist mir auch klar."

„Du könntest sie Scott zurückgeben", schlug ich vor.

„Ja, das ist eine echt tolle Idee. Ich werde einfach zu ihm hingehen und sagen: ‚Hier ist die Kamera, mit der du Aufnahmen gemacht hast, die du irgendeinem Typen verkaufen willst, und, ja genau, in dem Auto da drüben sitzen wahrscheinlich Bullen, die zusehen, wie ich dir die Kamera übergebe.' Sie bräuchten noch nicht einmal nach Fingerabdrücken zu suchen. Sie könnten uns auf der Stelle verhaften."

Fingerabdrücke? Auf der Kamera und auf der Speicherkarte wimmelte es nur so von meinen Fingerabdrücken! Ich musste sie unbedingt wegwischen.

„Weißt du, was auf der Speicherkarte drauf ist?", fragte ich so unschuldig wie möglich. Ich nahm ihm die Kamera aus der Hand und rieb sie mit dem Ärmel ab.

Er schüttelte den Kopf. „Aber ich kann es mir lebhaft vorstellen."

„Schaust du nach?"

„Warum sollte ich? Ich muss mir überlegen, wie ich sie wieder loswerde." Rastlos ging er im Zimmer auf und ab.

Er machte mir ein bisschen Angst.

„Vielleicht kann ich sie irgendwo im Wald verstecken", sagte er. „Und wenn Scott mich fragt, wo sie ist, sag ich einfach, dass ich es nicht weiß. Dass ich sie nie hatte. Ja, die Idee ist gut. Gib sie mir."

Ich musste mir schleunigst etwas einfallen lassen. Meine Fingerabdrücke waren auf der Speicherkarte in der Kamera. Wie konnte ich nur dafür sorgen, dass sie verschwanden? Und auf ein paar Fotos war ja auch Zack zu sehen. Ich hätte ihm gern gesagt, dass er wenigstens diese Bilder löschen sollte, aber dann hätte er gewusst, dass ich ihn angelogen hatte. Ich hätte die Speicherkarte löschen sollen, nachdem ich sie kopiert hatte. Aber vielleicht konnte die Polizei die Bilder sogar wiederherstellen, auch wenn sie gelöscht waren. Es heißt doch immer, dass man nicht alle Reste der Dateien von der Festplatte löschen kann.

Was sollte ich bloß tun?

Zack starrte mich an, als hätte ich den Verstand verloren. „Los, gib mir die Kamera!"

Ich wollte sie nicht hergeben. Wenn ich eine neue Speicherkarte gehabt hätte, eine, die ich nicht mit bloßen Fingern berührt hatte, wäre alles bestens gewesen. Die Polizei würde die Kamera finden und sehen, dass die Speicherkarte leer war. Dann würden sie die Fotos niemals zu Gesicht bekommen und hätten keine Beweise.

„Deine Idee ist zwar gut, Zack", sagte ich, „aber ich glaube, ich hab eine noch bessere."

Ich erzählte ihm von meinem Plan, die Speicherkarte gegen eine leere Karte auszutauschen. Nur für den Fall, dass auf der alten Speicherkarte belastende Aufnahmen von ihm drauf waren. Er schien meiner Logik folgen zu können.

„Und wenn du noch mal in den Wald gehst, dann könnten dich die Bullen sehen und sich fragen, was du da machst. Ich dagegen könnte mit Sammy einfach eine kleine Radtour machen, dabei ein bisschen herumalbern und dann ganz aus Versehen die Kamera fallen lassen. Wir könnten notfalls so tun, als wüssten wir von nichts."

Zack kratzte sich nachdenklich am Kopf. „Ja, vielleicht ist das besser. Dafür schulde ich dir was."

„Das kannst du wohl laut sagen", sagte ich.

## 8. Kapitel

Auf dem Weg zu Sammy hielt ich am Fotoladen in unserer kleinen Einkaufspassage. Ich kaufte eine Speicherkarte, für die fast das ganze Geld draufging, das Zack mir gegeben hatte. Ich holte die dünnen Handschuhe heraus, die ich eingesteckt hatte, entfernte die alte Speicherkarte aus der Kamera und legte die neue ein. Die Karte mit den Fotos steckte ich in die Hülle der gekauften Karte und stopfte sie in meine Hosentasche. Eigentlich hätte ich sie mit der Verpackung wegwerfen sollen, aber irgendwie brachte ich das nicht fertig.

„Du hast am Telefon echt seltsam geklungen", beschwerte sich Sammy, als sie mir die Tür aufmachte. „Was ist denn los?"

„Erst musst du einen Eid leisten. Du musst schwören, niemandem jemals etwas davon zu erzählen. Versprochen?"

„Klar. Worum geht es denn?", fragte sie.

„Ich meine es ernst – du darfst wirklich keiner Menschenseele etwas verraten." Langsam klang ich schon wie Zack.

„Ist ja gut, ich verspreche es."

Dann erzählte ich ihr von der Kamera und der Party. Zuerst hatte ich vor, ihr alles zu sagen, aber dann änderte ich meinen Plan. Sie ging mir nämlich langsam mit ihrem Gutmensch-Gehabe auf den Geist. Zacks Verhalten hätte ihr bestimmt nicht gefallen und sie hätte es sicher unmöglich von mir gefunden, dass ich die CD gebrannt und die Bilder behalten hatte. Am besten war es, wenn sie glaubte, wir würden alle Kopien vernichten.

„Also, wenn wir so weit fahren müssen, nehme ich Proviant mit", sagte Sammy. „Willst du auch was?"

Wir packten Getränke und Snacks in Sammys Rucksack.

„Was ist, wenn wir von der Polizei angehalten werden?", fragte sie.

„Wir sagen einfach, dass wir eine kleine Fahrradtour machen. Der Proviant wird sie sicher überzeugen."

Die Strecke war weit, doch das kühle Wetter machte unseren Ausflug angenehmer. Es machte richtig Spaß, bis wir uns dem Naturschutzgebiet näherten. Ich malte mir aus, dass die Stelle von Streifenwagen nur so wimmeln würde.

Der Parkplatz war menschenleer.

Wir fuhren auf dem Waldweg zu den Sanddünen. Weit und breit war niemand zu sehen. An den herumliegenden Flaschen, dem Müll und den Picknicktischen konnten wir sehen, dass wir die richtige Stelle gefunden hatten. Der Wind hatte schon einige der Fußspuren verweht, doch andere waren noch gut zu erkennen.

Wie war es wohl gestern Abend hier gewesen? Überall Musik, Stimmen und Gelächter. Jetzt war alles still – genauso wie auf den Bildern: Dana, die all diese Sachen machte, aber mit ausgeschaltetem Ton. Fast tat sie mir leid.

„Wir müssen sie irgendwo in der Nähe wegwerfen, aber auch nicht zu nah dran."

Wir lehnten unsere Fahrräder gegen einen Picknicktisch.

„Wie wär's da drüben?", schlug Sammy vor und zeigte auf einen kleinen Laubhaufen mit Zweigen. Er lag nur ungefähr einen Meter vom Wegrand entfernt. An der Stelle hätte man leicht eine Kamera verlieren können.

„Sieht gut aus. Lass sie uns loswerden."

Wir hoben die Zweige auf und legten die Kamera auf den Boden. Ich scharrte mit dem Fuß etwas Erde darüber und warf die Zweige darauf.

„Komm, wir schmeißen noch ein paar Blätter darüber."

Sammy schüttelte den Kopf. „Wir wollen doch nicht, dass es so aussieht, als ob sie schon tagelang hier liegt. Dann wirkt es gestellt."

Sie hatte recht.

Ich nahm einen der Zweige wieder weg. Jetzt sah es schon eher so aus, als wäre die Kamera gerade erst heruntergefallen.

„Lass uns verschwinden", sagte Sammy nervös.

„Ich hab Hunger", sagte ich. „Ich will was essen." Außerdem wollte ich noch eine Weile in der Nähe bleiben und sehen, ob sich irgendetwas tat.

„Ich auch, aber nicht hier. Lass uns zurück zum Parkplatz fahren."

Wir radelten zurück. Am Parkplatz gab es keine Picknicktische, und so setzten wir uns auf ein Holzgatter.

„Was ich dich noch fragen wollte: Hast du dir die Bilder eigentlich angesehen?", erkundigte sich Sammy.

Ich hätte es ihr zu gern gesagt, das Geheimnis mit ihr geteilt, aber ich war nicht sicher, ob das wirklich eine gute Idee war.

„Du hast sie dir angesehen, stimmt's? Ich weiß es – sonst würdest du nicht so lange zögern. Sag mir, was drauf war."

Also gab ich nach. Ich beschrieb ihr die meisten Aufnahmen, sagte aber nichts davon, dass auch Bilder von Zack dabei waren. Das sollte sie nicht wissen. Vor allem dann nicht, wenn sie in ihn verknallt war. Die Vorstellung behagte mir zwar nicht besonders, aber ich wollte auch nicht, dass sie ihn für ein perverses Schwein hielt.

„Hat sie auf den Bildern denn so richtig schön besoffen und ordinär ausgesehen?", fragte Sammy.

„Ja, es war ein ziemlich erbärmlicher Anblick", sagte ich. „Und die Typen waren echt widerlich."

„Konnte man denn sehen, wie sie angegriffen wurde?"

„Sie wurde nicht angegriffen, jedenfalls nicht auf den Bildern. Und Zack hat gesagt, dass die Polizei aufgetaucht ist, bevor irgendwas passieren konnte."

„Das ist so typisch für sie", sagte Sammy wütend. „Bringt sich selbst in Schwierigkeiten und bauscht dann alles zum größten und schlimmsten Unglück aller Zeiten auf. Echt typisch Dana. Da könnte man fast Lust bekommen, allen zu erzählen, dass sie einfach nur betrunken war und sich fürchterlich danebenbenommen hat!"

Entsetzt packte ich sie am Arm. „Du darfst keinem etwas sagen! Das hast du versprochen! Wenn du es tust, glaubt womöglich jemand, du hättest die Bilder gesehen, und dann kriegst du Probleme mit der Polizei."

„Das hatte ich ganz vergessen. Tut mir leid. Aber was nützt so eine aufregende Neuigkeit, wenn man sie mit niemandem teilen darf? Das ist ja ätzend!"

„Du hast es mir versprochen. Du willst doch nicht diesen Scott am Hals haben, oder?"

„Den? Nein!" Bei der Vorstellung schauderte sie. „Falls ich es je wieder vergessen sollte, erinnere mich einfach an ihn."

Ein Streifenwagen bog langsam auf den Parkplatz ein.

„Oh, oh ...", sagte ich.

„Benimm dich ganz normal – iss was", sagte Sammy.

Der Polizeibeamte stieg aus dem Wagen. Er schlenderte zu uns herüber und lächelte. „Ein schöner Tag für ein Picknick, nicht wahr, meine Damen?"

„Ja, Sir“, antwortete ich.

„Haben Sie hier heute irgendetwas Auffälliges beobachtet?“, fragte er, während er einen Stein aufhob und in die nächste Hecke warf.

„Nein, Sir.“

„Keine Autos oder Motorräder oder irgendwelche Leute, die sich hier herumgetrieben haben?“, hakte der Polizist nach.

„Nein, Sir“, wiederholte ich. „Bloß Sammy und ich. Wir brauchten ein bisschen Bewegung.“

Sammy stopfte sich den Rest ihres Brownies in den Mund und nickte zustimmend.

„Hätten Sie etwas dagegen, mir Ihre Namen zu verraten?“ Er holte Stift und Notizblock heraus.

„Kriegen wir jetzt Schwierigkeiten?“, erkundigte ich mich. Die Speicherkarte in meiner Hosentasche fühlte sich so groß an wie eine CD.

Wieder lächelte er. „Nein, nein, das ist reine Routine“, beruhigte er mich. „Wir führen gerade Ermittlungen durch wegen einer Party, die gestern hier stattgefunden hat. Haben Sie irgendwas darüber gehört?“

Wir wagten es nicht, uns anzusehen.

„Äh, nein“, sagte ich.

„Ich auch nicht“, fügte Sammy hinzu.

Wir sagten ihm unsere Namen und Adressen. Wenn er bei uns zu Hause anrief, würde meine Mutter einen Anfall kriegen.

„Falls Sie irgendwas Ungewöhnliches bemerken, können Sie sich gerne an mich oder auch an die Kriminalpolizei wenden. Für Hinweise ist eine Belohnung ausgesetzt“, sagte er. „Und Sie müssen noch nicht einmal Ihre Namen nennen.“ Damit steckte er seinen Notizblock weg.

Nachdem er sich noch ein bisschen umgesehen hatte, ließ er den Streifenwagen auf dem Parkplatz stehen und ging den Weg entlang, auf dem wir gerade zurückgeradelt waren.

„Komm, lass uns hier verschwinden“, zischte Sammy.

„Warte einen Augenblick. Wir dürfen uns nicht anmerken lassen, dass wir Angst haben.“

Also warteten wir, bis er außer Sichtweite war. Dann packten wir unser Zeug zusammen und radelten so schnell wir konnten zurück.

Als ich zur Tür hereinkam, stand Zack so hastig auf, dass er dabei seinen Stuhl umwarf.

„Warum hat das so lange gedauert?“, wollte er wissen.

„Mit dem Fahrrad ist es weit und es war anstrengend. Wir haben ein paar Pausen eingelegt."

„Bist du sie irgendwo losgeworden?"

„Mhm", sagte ich. „Es ist auch ein Polizist aufgetaucht, aber wir haben ihm nichts gesagt."

„Will ich doch hoffen. Mum hat einen Anruf für mich entgegengenommen: Scott wollte mich sprechen und sich später noch mal melden."

Ich holte mir ein Glas Wasser, da klingelte auch schon das Telefon.

„Perfektes Timing", bemerkte ich. „Du solltest lieber rangehen, bevor Mum es tut."

Hastig griff Zack nach dem Hörer. Ich bekam nur seine Seite der Unterhaltung mit. Zack hörte sehr viel zu und musste sich immer wieder rechtfertigen: Nein, er hatte seinen Rucksack nicht mehr, er musste ihn im Wald liegengelassen haben. Nein, er hatte die Kamera nicht. Nein, er hatte keine Ahnung, wer sie haben könnte. Nein, er hatte von niemandem irgendwelche Anrufe bekommen. Ja, er verstand, was Scott sagen wollte. Ja, er verstand den Ernst der Lage. Ja, er wusste, dass Scott gute Beziehungen hatte.

„Hat er dir gedroht?", fragte ich, als er aufgelegt hatte.

„Nicht wirklich … na ja, indirekt schon."

„Vielleicht sollten wir die Polizei informieren."

„Und was willst du denen erzählen?", fragte er. „Dass du die Kamera zurückgebracht und den Polizisten angelogen hast? Das kommt echt gut."

Ich seufzte. Die Geschichte entwickelte sich zu einem größeren Problem, als ich gedacht hatte.

„Du hast die Speicherkarte doch mit der leeren ausgetauscht, stimmt's?", fragte er.

„Hab ich doch gesagt."

„Was ist mit der Originalkarte?"

„Die werde ich entsorgen", sagte ich.

„Gib sie her. Ich muss sicher sein, dass sie ein für alle Mal vernichtet ist."

Ich gab ihm die Plastikhülle.

Er holte die Karte heraus und versuchte vergeblich, sie zu zerbrechen. „Ich werde sie mit dem Hammer zertrümmern." Er verschwand im Keller.

Dort unten hämmerte er so lange, bis von der Speicherkarte nur noch Staub übrig sein konnte.

## 9. Kapitel

Während der Englischstunde am Montagmorgen bekamen Sammy und ich wieder die Erlaubnis, in die Schulbücherei zu gehen. Wenn man die Lehrer davon überzeugt hat, dass man gerne liest, lassen sie einen immer gehen. Es verging kaum ein Tag, an dem wir uns nicht zwanzig Minuten auf den Kissen unter der Theaterbühne unterhalten konnten. Der Bibliothekarin schien es egal zu sein, solange wir leise waren.

Plötzlich hörten wir laute Stimmen aus dem Flur.

„Was meinen Sie damit, dass Sie uns nicht sagen wollen, um wen es sich handelt?", fragte ein Mann.

„Mr Manning, Sie sprechen sehr laut, und in den Klassenzimmern findet Unterricht statt", entgegnete unsere Rektorin Mrs Kent. „Vielleicht können wir diese Unterhaltung in meinem Büro fortsetzen?"

Es war Danas Vater! Kein Wunder, dass er sich aufregte.

„Wir gehen nirgendwohin, bevor Sie uns nicht ein paar Auskünfte erteilt haben."

„Könnten wir nicht wenigstens in die Bücherei gehen?“, bat Mrs Kent.

Wir hörten, wie mehrere Leute die Schulbücherei betraten. Sie waren ganz in unserer Nähe. Sammy und ich starrten einander an. Sie wussten nicht, dass wir hier waren. Es war zu gut, um wahr zu sein.

„Nun, Mr und Mrs Manning, ich weiß nicht, warum Sie glauben, ich wüsste über diese Angelegenheit mehr als Sie.“

„Unsere Tochter hat uns gesagt, dass ein Mädchen, das früher einmal Schülerin hier war, sie überredet hat, auf eine Party zu gehen, und dass dort ältere Jungen waren, die ihr etwas ins Getränk geschüttet haben“, sagte Mr Manning jetzt etwas leiser.

Ich hätte zu gern mit Sammy geredet, aber wir konnten uns nur wortlos ansehen. Mein Fuß war eingeschlafen, dennoch rührte ich mich nicht, aus Angst, sie könnten mich hören.

„Ich kann verstehen, dass Sie sehr verärgert sind“, sagte Mrs Kent mit besänftigender Stimme. „Ich habe etwas über die Ereignisse am Wochenende gehört, aber glauben Sie mir, mehr Informationen habe ich auch nicht.“

„Unsere Tochter sagt, Sie hätten Fotos von sämtlichen früheren und jetzigen Schülern, und ich will, dass sie sich die Fotos ansieht, um herauszufinden, wer das Mädchen ist und wo sie wohnt."

„Es tut mir leid, aber das darf ich nicht tun. Die Informationen über unsere Schüler sind vertraulich."

„Was soll denn das heißen?", fragte Mr Manning. „Unserer Tochter wurde sexuell belästigt – ist Ihnen das völlig egal?"

Alle schwiegen. Sammy versuchte, zwischen den Treppenstufen hindurch nach oben zu spähen, und schlug sich dabei den Kopf an. Wir erstarrten. Doch anscheinend hatte es keiner gehört.

„Nun, wir sind natürlich froh, dass sich Dana nach diesem traumatischen Vorfall so schnell wieder erholt hat und sie schon wieder in die Schule gehen kann." Der Ton unserer Rektorin war unverändert geblieben. Meinte sie das ironisch oder war es ihr voller Ernst? Ich bekam den Eindruck, als würde sie Danas Story nicht ganz glauben. Mann, war das gut! Vielleicht wäre Dana von jetzt an nicht mehr das nette kleine Mädchen. Alle Schüler an unserer Schule wussten, was für ein gemeines Biest sie war, aber die Lehrer schienen das gar nicht zu bemerken. Sie hielten sie alle für lieb und klug und perfekt.

„Dann werde ich eben das Schulamt anrufen“, sagte Mr Manning aufgebracht. „So können Sie nicht mit mir reden. Sie werden Ihren Job los sein, bevor Sie bis drei zählen können!“

„Ich werde die Sekretärin anweisen, Ihnen die Nummer zu geben.“

„Ich kann einfach nicht glauben, dass ich von Ihnen keine Hilfe erhalte. Ein unschuldiges Mädchen wird angegriffen und es kümmert keinen – weder die Polizei noch die Schule.“

„Ich bin sicher, die Polizei wird der Sache auf den Grund gehen“, erwiderte die Rektorin.

„Das hoffe ich doch“, flüsterte ich leise und drückte die Daumen.

„Lass uns gehen, Schatz“, sagte Mrs Manning. „Danke, dass Sie sich die Zeit genommen haben.“

„Viel Glück“, sagte die Rektorin. „Dana, bist du sicher, dass du dich stark genug fühlst, am Unterricht teilzunehmen?“

Dana war auch da?

„Und vergiss nicht“, mahnte ihr Vater, „kein Handy, kein Fernsehen, kein Computer und nach der Schule kommst du sofort nach Hause.“

„Aber, Daddy …"

Die Tür fiel zu und in der Bücherei kehrte wieder Stille ein.

„Mann, war das cool", sagte Sammy. „Ich hätte zu gern gehört, was sie ihrem Vater erzählt hat."

„Und er glaubt ihr sogar!" Wie konnte ihm entgehen, wie seine Tochter wirklich war? „Wir sollten uns lieber verdrücken."

„Nicht zu schnell", warnte Sammy. „Sonst sieht uns noch jemand."

Allmählich wurden wir echte Profis im unbemerkten Verschwinden.

„Wenn er ihr wirklich glaubt", überlegte Sammy, „warum bekommt sie dann Hausarrest?"

Da war was dran. Aber kurz darauf betrat eine Klasse die Bücherei und wir konnten nicht weiterreden.

Ich war so glücklich wie schon lange nicht mehr. Danas Kartenhaus stürzte zusammen. Endlich bekam ich ein bisschen Gerechtigkeit. Aber ich wollte noch mehr. Das war nicht genug. Ich musste irgendetwas tun.

Also ging ich auf die Toilette und holte einen Filzstift aus meinem Mäppchen. Ich malte einen Kasten mit ein paar Kreisen und mehrere Linien als Blitzlicht auf die Tür der ersten Kabine. Hier würde es niemand übersehen. Es sah zwar nicht wirklich aus wie eine Kamera, aber es würde seinen Zweck schon erfüllen. Und den letzten Schliff bekam das Ganze, als ich *Lächeln, Dana!* darunterschrieb und einen Smiley danebenmalte.

## 10. Kapitel

Jedes Mal, wenn jemand das Klassenzimmer verließ, hoffte ich, dass meine Botschaft entdeckt würde. Aber es dauerte fast bis zur Pause. Dann passierte es. Kelsey holte Brynn und die holte Dana. Sie ignorierten den Befehl des Lehrers, sich wieder an ihre Plätze zu setzen.

In der Pause gab es Streit. Er artete in eine regelrechte Prügelei aus. Dana packte Amy an der Jacke und riss so heftig daran, dass Amy hinfiel. Sie rappelte sich wieder auf und trat Dana voll in den Bauch. Sie schrien sich an. Dana warf ihr die dreckigsten Schimpfwörter an den Kopf, die ich jemals gehört hatte, und Amy nannte Dana verrückt. Ich bemerkte, dass Brandon sich zurückhielt, als alle anderen hinrannten, um zuzusehen.

Schließlich trennten die Lehrer die beiden Mädchen und brachten sie ins Büro der Rektorin.

Dana gab Amy die Schuld! Diese Möglichkeit hatte ich gar nicht bedacht. Die Kamera war weggewischt worden. Deswegen bekamen die meisten Schüler den wahren Grund für den Streit gar nicht mit. Sie dachten, Dana wäre so sauer, weil Amy ihr den Freund ausgespannt hatte.

Dieses eine Mal stand Dana schlecht da. Es war zwar nichts dabei, auf die übliche Weise zu streiten – jemanden fertigzumachen, indem man Gerüchte über ihn verbreitete –, aber es war nicht in Ordnung, sich wie Jungs zu prügeln. Das wirkte ordinär. Meine Mutter sagte, früher hätte man solche Mädchen „Wildfang“ genannt. Das war allerdings nicht der Begriff, der jetzt für Dana und Amy benutzt wurde.

Wenn ich immer wieder solche Aktionen starten und dadurch jedes Mal so viel Ärger verursachen konnte, würde mein Leben einfach himmlisch werden. Ich ging Sammy aus dem Weg. Wenn sie etwas von der Kamerazeichnung hörte, wüsste sie sofort, dass ich dahintersteckte. Wer sonst? Sie würde mich für gemein halten. Manchmal konnte sie ganz schön kindisch sein.

Dana und Amy wurden nach Hause geschickt. Sammy glaubte wie alle anderen, dass Brandon der Grund für den Streit war.

Das Leben war herrlich.

Aber am Ende des Tages hatte die allgemeine Stimmung eine neue Note erhalten: Amy hatte die Abreibung verdient. Dana hatte bloß getan, was jedes andere Mädchen in derselben Lage auch gern tun würde und sich nur nicht traute. Dana war eben temperamentvoll. Dana hing schon mit Jungs aus der Zwölften ab. Dana war cooler als alle anderen Mädchen.

So hatte ich mir das nicht vorgestellt. Sie konnte unmöglich als Siegerin aus der Sache hervorgehen. Aber genau das tat sie.

Nach der Schule ging ich ohne Umwege nach Hause. Ich legte die CD ein und sah die Bilder durch, bis ich das Foto fand, das ich suchte. Ein Foto, das Appetit auf mehr machte. Es war zwar eindeutig zu erkennen, wer darauf abgebildet war, aber es war nur eine Andeutung der Dinge, die sich da abspielten. Gerade genug, um die Neugier des Betrachters auf das nächste Bild zu wecken. Ich drückte auf Print.

Ich sah zu, wie der Drucker das weiße Blatt in eine unglaublich mächtige Waffe verwandelte. Die winzigen Farbpunkte, die für sich allein keine Bedeutung hatten, setzten sich zu etwas zusammen, das sehr viel ins Rollen bringen konnte. Zuerst fürchtete ich mich ein bisschen davor, das Bild anzufassen, aber dann steckte ich es in einen Umschlag und nahm es mit in mein Zimmer.

Zack kam nach Hause. Er sah müde aus. Wie er mir berichtete, hatte Scott einen Kumpel zurück in den Wald geschickt, der die Kamera auch gefunden hatte. Die Polizei hatte sie also tatsächlich übersehen. Die Speicherkarte war leer.

„Du scheinst nicht sonderlich glücklich darüber zu sein“, sagte ich.

Zack schüttelte den Kopf. „Scott war misstrauisch. Er sagte, die Kamera hat noch nie gesponnen, und der Akku war auch voll, weil der Blitz funktioniert hat. Er war zwar froh, sie wiederzuhaben, aber er sagte, er hätte ein schlechtes Gefühl.“

Das war interessant, aber ich konnte mich jetzt nicht auf Scott konzentrieren. Ich war noch zu sehr mit der Prügelei beschäftigt. Ich erzählte Zack davon, aber es schien ihn nicht besonders zu interessieren.

Da wurde mir klar, dass ich vielleicht einen großen Fehler gemacht hatte. Ich hatte riesiges Glück, dass Dana Amy beschuldigte. Offensichtlich war Dana zu der Überzeugung gelangt, dass irgendjemand Amy von der Party erzählt hatte. Aber was war, wenn ihr klar wurde, dass es gar nicht Amy gewesen war, die die Kamera an die

Wand gemalt hatte, und wenn sie Scott davon erzählte? Und was war, wenn sie dann zu der Schlussfolgerung kamen, dass irgendjemand tatsächlich mehr wusste? Und dass dieselbe Person von der leeren Speicherkarte wusste, die eigentlich nicht leer sein dürfte? Meine Gedanken überschlugen sich. Vielleicht würden Scott und Dana eine Liste der Leute auf der Party machen und sie mit Danas Feinden vergleichen – und dabei auf Zack und mich stoßen.

„Worüber haben sie sich denn gestritten?", fragte Zack.

„Über Brandon."

„Hoffentlich hat sie gewonnen", sagte er.

„Wieso hoffst du das?"

„Na ja, Scott wird sich mit Sicherheit nicht mehr mit ihr blicken lassen", antwortete Zack. „Er denkt daran, für den Rest des Semesters zu seinem Vater zu ziehen."

„Juhu!", rief ich.

Er sah mich an und schüttelte den Kopf.

Am nächsten Morgen suchte Danas Mutter gemeinsam mit ihrer Tochter das Büro der Rektorin auf. Amys Eltern warteten auf der Bank in der Eingangshalle, aber Amy war nicht in die Schule gekommen. Die anderen Schüler ließen sich ständig Ausreden einfallen, damit sie das Klassenzimmer verlassen und durch den Flur gehen konnten, um irgendetwas Neues aufzuschnappen.

In der nächsten Pause bogen Sammy und ich am unteren Treppenabsatz um die Ecke und wären beinahe mit Dana zusammengestoßen. Sie lehnte an der Wand und starrte auf den Boden. Ihre Schultern hingen herunter, sie trug einen Pferdeschwanz und kein Make-up.

Ich spürte so etwas wie Mitleid mit ihr.

„Alles okay?“, fragte Sammy sie.

Dana zögerte einen Augenblick. Fast hätte sie Sammy angelächelt, aber dann sah sie mich an. Ihr Gesicht verzerrte sich vor Wut und sie richtete sich gerade auf. „Ganz egal, was mit mir passiert – mein Leben ist immer noch besser als deins. An deiner Stelle würde ich mich umbringen.“

Ich war zu geschockt, um zu reagieren. Die Boshaftigkeit ihrer Bemerkung traf mich wie ein Fausthieb. Aber dann passierte etwas Merkwürdiges: Ich geriet nicht in Panik. Stattdessen wurde ich ganz ruhig. Nun war alles klar. Ich fühlte mich wie eine riesengroße Statue aus dem griechischen

Altertum. Meine Arme waren stark, meine Hände waren groß und kräftig.

Ich würde das Foto verwenden. Ich würde sie bloßstellen.

## 11. Kapitel

Nun musste ich entscheiden, was ich mit dem Foto machen sollte. Ich konnte es per E-Mail an alle schicken, die ich kannte, oder es irgendwie auf einer Webseite veröffentlichen. Aber ich war mir ziemlich sicher, dass die Leute herausfinden würden, dass ich dahintersteckte. Das Ganze musste anonym passieren. Niemand durfte mich dabei erwischen und das Foto musste von Schülern gefunden werden. Ein Lehrer würde es vielleicht bloß wegwerfen oder der Rektorin übergeben. Die Mädchentoilette machte zwar Sinn, aber sie war wie ein Taubenschlag und bestimmt würde mich jemand sehen und verraten. Es musste ein Ort sein, an dem ich mich für gewöhnlich nie freiwillig aufhielt. Also auf keinen Fall die Bücherei. Die Sporthalle. Ich hasse Sport und morgen nach dem Mittagessen hatten wir Sportunterricht. Der Umkleideraum war ideal. So könnte ich sogar Danas Reaktion beobachten. Wenn kein Sportunterricht stattfand, war die Umkleide menschenleer. Ich könnte vom Flur aus hineingehen und durch die Turnhalle verschwinden, sodass niemand etwas mitbekommen würde.

Ich musste also nur noch bis zum morgigen Mittagessen warten.

Ich erzählte Sammy, ich müsse in der Fundkiste nach meinen verloren gegangenen Turnschuhen schauen. Die Kiste stand ganz in der Nähe der Turnhalle. Der große Behälter war mit versifften Klamotten vollgestopft und ich dachte gar nicht daran, darin herumzuwühlen, aber ich blieb einen Moment davor stehen und starrte hinein für den Fall, dass jemand vorbeikam. Die Luft war rein. Also schlich ich um die Ecke und betrat den Umkleideraum. Dort faltete ich das ausgedruckte Bild auseinander und legte es auf die Bank.

Dann lauschte ich an der Tür, die zur Turnhalle führte, und hörte Stimmen. Also musste ich auf demselben Weg verschwinden, auf dem ich gekommen war. Sollte ich jemandem begegnen, würde ich mir einfach das Bild schnappen und es irgendwo anders deponieren. Der Flur war leer. Ich lief schnell zu dem Behälter mit den Fundsachen zurück, tat wieder kurz so, als würde ich nach etwas suchen, und ging dann nach draußen.

Meine Achseln waren nass geschwitzt. Ich spürte, wie mir einzelne Schweißperlen in den BH liefen. Ich roch leicht säuerlich. Aber das war ein kleiner Preis für meine süße Rache. Ich hoffte, dass Sammy ihr Ersatz-Shirt noch in der Schule hatte.

Als ich vor der Sportstunde in den Umkleideraum kam, war das Foto schon entdeckt worden. Ein paar Mädchen drängelten sich in einer Ecke und betrachteten es. Sie drehten dem Rest der Klasse den Rücken zu, als wir den Raum betraten.

Bald darauf tauchten Dana und Brynn auf. Die Mädchen starrten die beiden an.

„Das hier könnte dich interessieren", sagte eines der Mädchen.

„Ist es ein nackter Mann?", fragte Brynn.

„Kein nackter *Mann* ...", kam als Antwort und die Mädchen lachten.

Dana griff nach dem Bild. Sie wurde bleich.

Brynn betrachtete das Foto. „Oh Gott!"

Dana zerknüllte das Blatt und rannte aus dem Raum.

„Wehe, ihr erzählt jemandem davon", drohte uns Brynn. Dann lief sie Dana hinterher.

„Was war denn drauf?", fragte Sammy die Mädchen.

„Dana oben ohne. Sah aus wie eine Party oder so was.“

Sammy funkelte mich wütend an.

Ich hoffte nur, dass sie mir nicht sofort an Ort und Stelle die Hölle heißmachen würde.

„Ich hab schon immer gewusst, dass sie so eine ist“, sagte ein Mädchen. Dann hagelte es Kommentare von allen Seiten.

Sammy packte mich am Arm und zerrte mich hinaus auf den Flur. Ihre Fingernägel bohrten sich zwischen meine Armmuskeln und meine Knochen.

„Au, du tust mir weh!“

„Ich glaube einfach nicht, was du da gemacht hast!“, zischte sie.

„Sie hat es verdient. Du hast doch gehört, was sie gestern zu mir gesagt hat. Was hätte ich denn tun sollen?“

„Du hast mir gesagt, du hättest die Bilder vernichtet“, sagte Sammy.

„Ich weiß.“ Ich sah sie schuldbewusst an.

Schließlich ließ Sammy meinen Arm los. Sie sah aus, als würde sie gleich anfangen zu heulen. „Was ist bloß los mit dir?“

„Mit mir? Was ist mit ihr?“

„Wo ist denn da noch der Unterschied?“ Sie klang traurig.

Sie hatte recht, das war mir auch klar. Aber im Grunde war es egal. Das hier fühlte sich einfach besser an. „Du verstehst das nicht.“

„Doch, ich verstehe es sehr wohl“, sagte Sammy erbost. „Und es gefällt mir nicht. Du gefällst mir nicht. Ich dachte, du wärst meine beste Freundin, aber jetzt merke ich, dass ich dich eigentlich gar nicht richtig kenne.“

„Aber ich bin doch immer noch dieselbe“, protestierte ich.

„Du warst also schon immer so armselig?“, fragte sie.

„Nein … na ja, vielleicht doch. Vielleicht sind wir das alle tief in unserem Inneren. Du tust nur so, als wärst du nicht so. Du tust nur so, als wärst du besser als ich.“

Diesen Gesichtsausdruck hatte ich noch nie an ihr gesehen. Sie sah aus wie eine Fremde. „Ich …“, sie brach ab. „Ich gehe jetzt lieber.“ Sie ließ mich stehen.

„Sammy …“

„Lass mich für eine Weile in Ruhe. Ich muss nachdenken.“

„Aber, Sammy!“, rief ich ihr hinterher.

Sie drehte sich nicht einmal um.

Der Sportlehrer öffnete die Tür einen Spalt weit und rief uns in die Turnhalle. Er fragte zwar nach den fehlenden Schülerinnen, akzeptierte aber die Antwort, dass sie zur Schulpsychologin gegangen waren.

Ich war überrascht, dass Dana zur nächsten Stunde kam. Ich war davon ausgegangen, dass sie nach Hause gegangen war. Aber sie konnte ihren Eltern wohl kaum das Bild mit dem breiten Grinsen im Gesicht und dem Drink in der Hand zeigen, nachdem sie sich als Opfer dargestellt hatte.

Sie saß an ihrem Platz und hatte die Stirn auf ihre Bücher gelegt. Sie hob noch nicht einmal den Kopf, als der Lehrer begann, die Ursachen des Ersten Weltkriegs zu besprechen.

Er ließ sie in Ruhe.

Zehn Minuten nach Unterrichtsbeginn zeigte er uns ein Video. Der Anblick der jungen Männer, die ihren Freundinnen und Familien zum Abschied winkten, war ziemlich ergreifend, wenn man wusste, wie die Sache für sie ausgehen würde. Irgendjemand hustete, aber es klang nicht wie ein normales Husten. Es klang gestellt. Dann hustete wieder jemand – und dann noch einer. Und es wurde immer deutlicher: Am Ende jedes Hustens war das Wort „Schlampe“ zu hören. Ich konnte nicht glauben, dass der Lehrer es nicht mitbekam. Doch der saß an seinem Pult und korrigierte Hausaufgaben.

Aber Dana bekam es mit. Sie hob den Kopf und sah sich im Zimmer um. Hastig drehte ich den Kopf weg, damit sie mich nicht dabei erwischte, wie ich sie beobachtete. Ich hörte, wie sie ihren Stuhl zurückschob, und sah sie an mir vorbeilaufen. Sie hielt ihre Hand vor den Mund und fing plötzlich an zu rennen. Kaum war sie zur Tür draußen, übergab sie sich. Erbrochenes platschte laut auf den Boden.

Um mich herum lautes Kreischen und Stöhnen. Ich spürte, wie sich mein eigener Magen verkrampfte, aber alles, was hochkam, war der bittere Geschmack von Galle.

Der Lehrer hielt das Video an und ließ den Hausmeister rufen.

Ich hatte einen ekelhaften Geschmack im Mund. Also bat ich darum, rausgehen zu dürfen. Am Wasserspender im Gang nahm ich mir einen Pappbecher und sah, wie der Hausmeister die Treppe herunterkam. Dann ging ich auf die Mädchentoilette.

„Brynn?“, rief eine Stimme.

Dana stand am Waschbecken und wusch sich das Gesicht. „Ach, du bist es. Hau ab“, sagte sie.

Erbrochene Essensreste verstopften den Ausguss. Ich trat einen Schritt zurück. Dann aber überlegte ich es mir anders. „Du siehst schrecklich aus.“

Sie stützte sich mit den Händen auf dem Waschbecken ab, als müsste sie ihr Gleichgewicht halten.

„Wie kannst du es wagen, so mit mir …“ Statt den Satz zu beenden, lächelte sie plötzlich. „Du warst es, stimmt's?“

Ich zuckte mit den Schultern.

„Jetzt ergibt alles einen Sinn. Der Tag, an dem du von diesem Scott gesprochen hast, den kein Mensch kannte. Und Brynn hat mir erzählt, dass jemand dich hier drin gesehen hat, kurz bevor die Schmiererei an der Klokabine entdeckt wurde.“

Ich lächelte zurück. „Na, wie fühlt es sich an, der Loser zu sein?“ Seit Jahren hatte ich darauf gewartet, ihr genau das sagen zu können. Es fühlte sich so gut an, dass es kaum auszuhalten war. Endlich, nach so langer Zeit, war der Augenblick gekommen.

„Das weißt du doch selbst am besten."

„Tja, früher hätte mich so eine Bemerkung echt getroffen, Dana. Aber, weißt du, jetzt ist alles anders. Du kannst mich nicht mehr verletzen. Ich weiß viel zu viel über dich und ich kann dir das Leben zur Hölle machen. Also, wenn du mich fragst: An deiner Stelle würde ich mich umbringen." Endlich. Die Gerechtigkeit hatte gesiegt. Die Rache war mein. Jetzt war ich frei.

Dana wischte sich mit einem Papierhandtuch das Gesicht ab, spuckte ins Waschbecken und strich sich die nassen Haarsträhnen aus den Augen. „Und genau das werde ich auch tun. Bist du jetzt glücklich?"

## 12. Kapitel

Ich war fassungslos. Ich taumelte rückwärts aus der Toilette und kehrte ins Klassenzimmer zurück. Dabei musste ich dem Hausmeister ausweichen, der den Boden wischte. Dana wollte sich umbringen? Das durfte nicht wahr sein. Menschen, die so etwas ankündigten, taten es doch nie, oder? Sie hatte das bloß gesagt, weil ich sie bemitleiden sollte. Wie ich Dana kannte, würde sie eher einen Amoklauf veranstalten und alle anderen in der Schule umbringen, als sich selbst das Leben zu nehmen. Vermutlich würde sie mit mir anfangen. Ich versuchte, Sammys Blick einzufangen, doch sie tat immer noch so, als wäre ich Luft.

Dana kam nicht zurück. Irgendjemand sagte, sie sei wieder zur Schulpsychologin gegangen. Ich wusste nicht, was ich tun sollte. Sollte ich es jemandem sagen? Wahrscheinlich erzählte Dana es der Psychologin gerade selbst, also brauchte ich mir wohl keine Sorgen zu machen.

Nach der Schulstunde verschwand Sammy und ich ging sie suchen. Ich musste ihr das über Dana erzählen. Sammy würde wissen, was zu tun war.

Schließlich fand ich sie am anderen Ende des Schulhofs, wo sie Tannenzapfen über den Zaun warf.

Sie würdigte mich keines Blickes. Sie sammelte einfach weiter Tannenzapfen ein und bewarf damit die Bäume.

„Sammy, hör mir bitte zu. Etwas Schlimmes ist passiert."

„Ach, wirklich?" Ihre Stimme klang scharf.

„Ich bin Dana auf der Toilette begegnet, bevor sie verschwunden ist."

„Du musstest es ihr also noch mal unter die Nase reiben?"

„Aber … nein, das meine ich nicht …"

„Das hätte ich nicht von dir gedacht."

„Ja, ich weiß, aber …"

Sammy hielt inne, einen Tannenzapfen in der Hand. „Ich will kein Wort mehr von dir hören. Ich will nicht mehr deine Freundin sein. Ich will dich noch nicht einmal mehr kennen." Sie hob die Faust mit dem Tannenzapfen. Ihr Arm zitterte. Sie starrte ihre Hand an und ließ den Tannenzapfen dann fallen. „Jetzt glaube ich es auch: Du bist ein Loser." Sie rannte zum Schulgebäude zurück.

Ich sah ihr nach. Sammy war meine beste Freundin gewesen. Meine einzige Freundin. Warum hatte ich meinen Hass auf Dana stärker werden lassen als meine Freundschaft zu Sammy? Ich hatte alles gründlich versaut.

Meine Beine trugen mich zurück zur Schule. Ich wünschte mir verzweifelt, alles rückgängig machen zu können, den Schaden, den ich angerichtet hatte, wiedergutmachen zu können.

Als ich mein Schließfach aufschloss, waren Sammys Sachen weg. Sie hatte alles ausgeräumt. Am liebsten hätte ich geheult, aber meine Augen waren trocken und meine Kehle wie zugeschnürt. Vielleicht konnte Mum mir helfen. Ich könnte ihr alles beichten und sie wüsste sicher, was zu tun war. Aber vielleicht würde sie auch wie Sammy reagieren und merken, was für ein schrecklicher Mensch ich in Wirklichkeit war.

Auf dem Nachhauseweg zählte ich die Betonplatten auf dem Gehweg. Ich konnte es noch nicht einmal Zack erzählen. Dann wüsste er, dass ich ihn angelogen hatte, und würde mich umbringen. Abgesehen davon war es ohnehin sehr wahrscheinlich, dass er es schon längst erfahren hatte. Neuigkeiten wie diese breiten sich wie ein Lauffeuer aus. Er war bestimmt total wütend auf mich. Und Scott würde es auch herausfinden. Wer weiß, was dann passieren würde?

Ich schloss unsere Haustür auf und ließ meinen Rucksack auf die kleine Sitzbank im Flur fallen. Niemand war zu Hause. Ich stellte den Fernseher an, aber es kamen nur Talkshows und Kindersendungen. In einer Talkshow stritt sich ein dickes Ehepaar. Beide beschimpften sich gegenseitig und führten die Menschen vor, mit denen sie sich betrogen hatten. So wird es mir in zehn Jahren auch gehen, dachte ich. Und ich werde die Betrogene sein. Ich schaltete den Fernseher aus.

Ich ging in mein Zimmer und nahm die CD in die Hand. Die Strahlen der Nachmittagssonne glitzerten auf der goldenen Scheibe. Sie hatte eine scharfe Kante. Ich musste sie loswerden – dieses Mal aber richtig. Und das reichte nicht. Dana musste wissen, dass ich sie nicht mehr hatte, dass keine Bilder von ihr mehr existierten.

Ich würde die CD Dana geben.

Sofort ging es mir besser. Es fühlte sich gut an, einen Plan zu haben. Ich hatte zwar immer noch Angst, aber genau das war es, was ich tun musste: Dana die CD geben, damit sie weiß, dass sie sich keine Sorgen mehr zu machen braucht. Die anderen werden sie zwar noch eine Weile aufziehen, aber irgendwann macht jemand anderes etwas Dummes und die Geschichte mit Dana wird Schnee von gestern sein. Keiner nimmt ernsthaft Schaden. Alles wird in Vergessenheit geraten.

Ich suchte im Telefonbuch Danas Adresse heraus, holte mein Fahrrad aus der Garage und schwang mich auf den Sattel. Es fühlte sich gut an, aber es war anders als zuvor. Gemein zu sein war zwar ein großes und mächtiges Gefühl gewesen – aber es hatte sich tief drinnen auch hart angefühlt.

Eine Viertelstunde später kam ich vor Danas Haus an. Inzwischen musste sie eigentlich von der Schule zu Hause sein. In der Einfahrt parkten keine Autos. Ich lehnte das Fahrrad an den Zaun und ging zur Haustür. Ich klingelte. Niemand öffnete. Ich klingelte noch einmal. Noch immer rührte sich nichts. Ich spähte durch die schmale, hohe Glasscheibe in der Tür und schirmte dabei meine Augen mit den Händen ab. In der Küche war der Umriss einer Person zu erkennen. War es Dana? Ich klopfte gegen die Haustür. Die Gestalt blieb stehen.

„Ich bin's, Julie!", rief ich durch die Glasscheibe.

Schließlich ging die Tür einen Spaltbreit auf. Dana schaute heraus.

„Kann ich mit dir reden?", fragte ich.

„Ich hab zu tun."

„Nur einen Augenblick, bitte, Dana. Es ist wichtig. Es ist wegen der Bilder."

„Oh." Sie machte die Tür ein Stück weiter auf.

Ich trat ein.

## 13. Kapitel

Dana machte die Haustür hinter mir zu. „Was willst du?“ Sie wirkte nicht überrascht, mich zu sehen. Und auch nicht wütend. Ihr Gesicht war völlig ausdruckslos.

„Ich bin gekommen, um dir die Bilder zu geben.“ Ich hielt ihr die CD hin.

Dana nahm sie nicht. Ich hatte gedacht, sie würde sie mir aus der Hand reißen. Stattdessen ging sie ein paar Schritte zurück.

„Da sind alle drauf und es gibt keine weiteren Kopien oder Ausdrucke“, sagte ich.

Dana nickte, aber sie tat nichts.

„Können wir ein bisschen miteinander reden?“, fragte ich.

„Ich hab eigentlich keine Lust dazu.“

„Bitte!“

„Wenn es unbedingt sein muss. Komm mit.“

Ich folgte ihr am Wohnzimmer vorbei in die Küche. Alles sah aus wie aus einer Hochglanz-Zeitschrift.

„Wahnsinn. Unser ganzes Haus würde in euer Wohnzimmer passen.“

„Mhm.“

Wieder Schweigen. Ich fühlte mich extrem unbehaglich. „Kann ich vielleicht ein Glas Wasser haben?" Ich ging auf die Spüle zu.

Dana versperrte mir hastig den Weg. „Äh, wie wär's mit einer Cola? Ich bring dir eine. Du kannst schon mal ins Wohnzimmer gehen."

„Klingt gut."

Sie wich nicht von der Spüle. „Geh und setz dich."

Ich hatte vorgehabt, auf sie zu warten, aber sie wollte offensichtlich, dass ich aus der Küche verschwand. Ich warf beim Hinausgehen einen Blick über die Schulter und sah, dass sie ein Geschirrtuch über etwas im Spülbecken legte.

Einen Augenblick später brachte sie mir die Cola. Die eiskalte Dose fühlte sich gut in meiner Hand an. Ich ließ den Blick durch das Zimmer wandern. „Echt schön hier."

„Woher hast du die Bilder überhaupt? Ich hab gehört, dass mit der Kamera etwas nicht in Ordnung war. Jedenfalls hat Scott das angeblich jemandem gesagt, der es mir weitersagen sollte. Na ja, typisch für ihn, dass er lügt."

„Das ist eine lange Geschichte und ich will andere Leute nicht in Schwierigkeiten bringen."

„Glaubst du ernsthaft, ich würde irgendwas davon weitererzählen?“, gab sie zurück.

Wahrscheinlich hatte sie recht, aber ich wollte meinen Bruder trotzdem nicht verraten. „Glaubst du, Scott hat etwas von dem Ausdruck erfahren?“

„Das ist unwahrscheinlich. Und außerdem ist er weg. Selbst wenn er es erfahren hat – wen kümmert es? Ich hasse ihn.“

„Glaubst du, er würde mir was antun?“, fragte ich sie, obwohl mir klar war, dass ich wie ein Angsthase klang.

Sie hob eine Augenbraue. „Dir was antun? Scott? Der hat doch nur eine große Klappe. Selbst nachdem ich ihn bei der Polizei gedeckt hatte, hat er gesagt, ich solle nie wieder Kontakt mit ihm aufnehmen. Ich war so dumm.“

„Zack hat gesagt, Scott hat Freunde, die ihn zusammenschlagen, wenn er auspackt“, sagte ich.

„Zack?“

Ich konnte nicht glauben, was ich gerade gesagt hatte.

„Ach, Zack ist dein Bruder! Warum bin ich da nicht selbst draufgekommen?“, meinte Dana. „Na klar! So bist du an die Fotos gekommen.“

„Wirst du es weitersagen?“, fragte ich.

Sie lächelte. „Nein, ich werde es nicht weitersagen. Wem sollte ich es sagen? Und warum? Nichts kann die Sache besser machen."

Es überraschte mich, dass sie so dachte. Ich fand, dass die ganze Sache jetzt schon viel besser aussah. Sie hatte doch nicht etwa immer noch vor, sich umzubringen?

„Warum gibst du mir die Fotos?", wollte sie wissen. „Wo ich doch immer so gemein zu dir gewesen bin."

Das war eine gute Frage. Warum tat ich das?

„Ich weiß es nicht genau, Dana. Ich weiß nur, dass mir alles zu viel wurde. Als ich versucht habe, dich zu verletzen, war das ein tolles Gefühl. Aber es hielt nicht lange an. Es war ein so großes, mächtiges Gefühl, dass ich dachte, ich müsste platzen."

„Man gewöhnt sich daran. Je öfter man es macht, desto leichter fällt es einem."

„Es fühlte sich schon gut an, so als wäre ich … na ja, als wäre ich du. Aber dann konnte ich es nicht mehr."

„Ich kann es auch nicht mehr", erwiderte sie. Die ausdruckslose Leere kehrte in ihr Gesicht zurück, indem nach und nach jeder einzelne Muskel erschlaffte.

„Hier." Ich legte die CD auf den Tisch. „Ist mit dir alles in Ordnung?"

„Warum interessiert dich das?"

„Ich weiß nicht. Tut es eben einfach. Aber ..." Ich zögerte. Eine Frage brannte mir noch auf der Seele. Ich musste sie einfach stellen. „Was ich schon immer wissen wollte: Warum warst du so gemein zu mir?"

„Um ehrlich zu sein – ich weiß es nicht", antwortete sie. „Ich weiß nur, dass ich dachte, du wärst kindisch und ein bisschen dick, und das hat mich eben wütend gemacht. Und es hat mir wohl Spaß gemacht, dich zum Weinen zu bringen. Und dann hab ich es eben immer wieder getan."

„Das ist alles? Weil ich nicht schlank bin und weil es zur Gewohnheit wurde? Deswegen hast du mich wie den letzten Dreck behandelt?"

Dana zuckte mit den Schultern. „Ich wünschte wirklich, es gäbe dafür einen besseren Grund, irgendein dunkles Geheimnis – aber da ist nichts. Es ist schlicht und ergreifend etwas, was ich tue."

Ich glaubte ihr. „Trotzdem tut es gut, das zu hören", sagte ich. „Vielleicht war ich nur zur falschen Zeit am falschen Ort. Es war nicht meine Schuld."

„Doch, in gewisser Weise schon“, sagte sie. „Du hast dich nie gewehrt, du hast immer alles hingenommen. Manchmal hast du geheult. Aber du bist nie wütend geworden und das hat mich noch wütender gemacht.“

„Ich hatte Angst vor dir. Außerdem wurde mir immer gesagt, dass Wut etwas Schlechtes ist.“

„Wirklich? In diesem Haus sind ständig alle wütend.“ Sie lachte in sich hinein. „Außerdem warst du nicht die Einzige. Es gibt viele Leute, die Angst vor mir haben. Vielleicht sogar alle.“

Ihr Gesicht wurde wieder lebendig. Ich spürte, wie die Anspannung von mir abfiel.

„Wo wir schon mal dabei sind … Auch wenn das jetzt vielleicht komisch ist, will ich dich auch was fragen: Wie hast du das ausgehalten? Wie konntest du überhaupt noch in die Schule gehen?“, fragte Dana.

„Es gab Tage, da konnte ich es tatsächlich nicht. Dann habe ich mich krank gestellt. Und an anderen Tagen hab ich mich einfach vor dir versteckt. Aber ich war nicht allein. Ich hatte Sammy. Und sie hatte keine Angst vor dir.“

Warum eigentlich nicht? Warum hatte sich Sammy nicht einschüchtern lassen? Aber das war einmal. „Vorbei. Sammy will nicht mehr meine Freundin sein. Ich hab es versaut."

„Ich glaube nicht, dass ich damit klarkäme", erwiderte Dana. „Ich kann nicht allein sein. Ich brauche Freunde."

„Im Ernst? Ich dachte, du kommst mit allem klar. Du wirkst immer so stark."

Dana lächelte. „So wollte ich ja auch wirken."

„Was wirst du jetzt tun?", fragte ich.

„Ich weiß noch nicht. Ich glaube nicht, dass ich mich noch mal in der Schule sehen lassen kann. Und mein E-Mail-Postfach ist voll von gehässigen Nachrichten."

„Das tut mir leid für dich."

Dana sah mich an.

„Und was ich getan habe, tut mir auch leid", fügte ich hinzu.

„Ich weiß nicht, ob du das verstehst", sagte sie. „Ich begreife es ja selbst kaum, aber ich fühle mich erleichtert. Jetzt, wo alles ans Tageslicht gekommen ist. Was übrig bleibt, bin ich. Wenn es sich nicht so fürchterlich anfühlen würde, könnte es richtig gut sein."

„Du wirst aber doch nichts anstellen, oder?", fragte ich.

„Du meinst irgendeine Dummheit? Was sollte mich davon abhalten?“

Mein Adrenalinspiegel schnellte in die Höhe. „Es gibt Leute, die man anrufen kann. In der Schule haben sie uns doch mal diese Telefonnummer gegeben, weißt du noch?“

Wir sangen gemeinsam die „Nummer gegen Kummer“-Melodie und lachten.

„Wann kommt deine Mutter nach Hause?“, fragte ich.

„Ich bin mir nicht sicher, vielleicht hat sie heute wieder ihre Therapiesitzung.“

„Kann ich hierbleiben, bis sie kommt?“

„Um auf mich aufzupassen?“

„Ja, ein bisschen.“

„Wie du willst. Wollen wir fernsehen?“

Schweigend sahen wir eine Quizsendung. Aber es fühlte sich nicht unbehaglich an. Es fühlte sich warm und geborgen an.

Dann kam Danas Mutter nach Hause. „Hi, Liebling, wie war dein Tag?“, rief sie aus der Küche. „Ich war im Supermarkt. Kannst du mir beim Einräumen helfen?“

„Dann geh ich jetzt mal“, sagte ich.

„Dana? Was liegt denn da im Spülbecken? Dana!!!“, schrie ihre Mutter.

Dana rannte in die Küche. „Ich hab nichts gemacht, Mum. Es ist alles okay.“

Ihre Mutter umarmte sie. „Es ist nicht okay. Ich muss den Arzt anrufen. Es ist ganz und gar nicht okay.“

Mir war klar, dass Danas Mutter nicht wusste, dass ich da war, bis ich die Küche betrat.

„Wer bist du?“

„Niemand. Ich wollte Dana bloß Gesellschaft leisten, bis Sie nach Hause kommen.“

„Hast du sie dazu gebracht?“, fragte Danas Mutter mich.

„Jetzt hör aber auf, Mum!“, schrie Dana. „Ich war es. Ich habe die Fläschchen gesammelt. Es sind meine Tabletten. Eigentlich sind es sogar deine Tabletten. Aus eurem Badezimmer. Julie hat mich davon abgehalten, einen Riesenfehler zu machen. Kapierst du das, Mum? Ich war es! Kein anderer, sondern ich!“

Ihre Mutter zog sie an sich und drückte sie. „Es tut mir leid“, sagte sie an mich gewandt. „Danke, dass du hiergeblieben bist. Bist du eine Schulfreundin?“

Dana sah mich an.

„Nein. Na ja, nicht wirklich. Und ich muss jetzt auch gehen."

„Mach's gut, Julie", flüsterte Dana.

„Mach's gut, Dana."

Auf der Heimfahrt wussten meine Muskeln genau, was sie tun mussten, und ich schwebte durch die Straßen. Die Herbstluft kühlte mir das Gesicht.

Sammy saß auf unserer Veranda. „Deine Mutter hat gesagt, sie wüsste nicht, wo du bist, aber ich könnte auf dich warten."

„Ich war bei Dana. Ich hab ihr die CD gebracht. Hasst du mich immer noch?"

„Du bist doch meine beste Freundin."

„Danke."

„Ist mit Dana alles okay?"

„Ich hoffe es."

„Deine Mutter hat auch gesagt, ich darf zum Abendessen bleiben. Es gibt Lasagne."

Eine Zentnerlast fiel mir vom Herzen. „Willst du neben Zack sitzen?"

„Na toll – für eine kleine Bemerkung werde ich nun ewig büßen müssen. Kommt er zum Abendessen?"

Ich lachte. Sammy war eine ganz besondere Freundin. Sie hatte mir all die üblen Dinge im Handumdrehen verziehen.

Leseprobe aus:

# Vicki Grant,
# Gefährlicher Freund

Schulausgabe erschienen im
Hase und Igel Verlag, Garching b. München
ISBN 978-3-86760-099-6
Begleitmaterial für Lehrkräfte
ISBN 978-3-86760-399-7

Ich kniete auf dem Boden und versuchte, den ekligen rosa Bodensatz im untersten Fach mit einem Lappen wegzukriegen, als mich etwas Feuchtkaltes am Hals berührte.

Ich schrie. Ich sah nicht einmal auf. Ich wusste nicht, was mich da berührte, sondern schlug einfach mit meinem nassen Lappen danach.

Ein Klatschen war zu hören. Dann fluchte jemand.

Ich drehte mich um. Ich hatte Devin genau am Kopf erwischt.

„Du hast mich erschreckt!", rief ich.

„Na, dann sind wir ja quitt", meinte er. „Du hast mich nämlich auch erschreckt."

Ich musste lachen. Beide Male, die ich ihn gesehen hatte, hatte ich geschrien. Was vielleicht Sinn gemacht hätte, wenn er so ein bulliger Ex-Knacki-Biker-Typ gewesen wäre. Aber Devin sah so harmlos aus – vor allem mit der klebrigen rosa Pampe im Gesicht.

Er wischte sich mit dem Handrücken übers Auge. „Was ist denn das für ein Zeug?“, fragte er. „Das stinkt vielleicht!“

„Das ist Kirschjoghurt. War es zumindest mal. Vor Tausenden von Jahren.“

„Na großartig.“ Er musste würgen. „Geschieht mir wahrscheinlich ganz recht, wenn ich mich so anschleiche.“

„Allerdings“, sagte ich.

„Muss ich das jetzt so lassen, damit jeder weiß, dass ich nicht artig war? Oder darf ich mir das vielleicht irgendwo abwaschen?“

Ich darf Kunden eigentlich nicht in die Toilette lassen, aber das hier war eine Ausnahme. Ich war ja irgendwie Schuld daran. Ich führte ihn durch den Lagerraum nach hinten.

Die Toilette ist ungefähr so groß wie eine Telefonzelle. Sie wirkte aber noch kleiner, weil sie mit Pappkartons vollgestopft war, die wir nirgendwo anders hatten unterbringen können. Ich ging hinein, um ein paar Kartons rauszuholen, damit Devin ein bisschen mehr Platz hatte. Er kam gleich hinter mir her. Ich wollte gerade wieder zurück und da standen wir uns dann gegenüber, eingepfercht in dieser kleinen, schmuddeligen Toilette. Irgendwie schien er das romantisch zu finden.

Es war so peinlich. Ich hatte die Hände voller Kartons und konnte mich nicht bewegen.

Er lächelte mich an und sagte: „Also …"

Ich war mir nicht sicher, was er meinte. Und ich wollte es auch gar nicht wissen. Ich sagte: „Du hast recht. Das Zeug riecht wirklich nicht besonders gut." Das ließ ihn ein bisschen zurückweichen. Ich drückte mich an ihm vorbei. „Könntest du bitte das Fenster aufmachen, wenn du fertig bist?", fragte ich.

Chris Cooper von *Diamond Taxi* wartete an der Theke, als ich rauskam. Er kaufte seinen Schokoriegel und blieb noch ein bisschen, um zu quatschen. Er ist nett, also hatte ich nichts dagegen.

Chris war gerade weg, um einen Kunden abzuholen, und ich war wieder dabei, Regale abzuwischen, als Devin zurückkam. Er war blitzsauber.

„Buh", sagte er.

„Sehr witzig", sagte ich.

Er nickte. „Oje. Jetzt muss ich mich schon wieder für etwas entschuldigen." Er sah verlegen aus.

„Ob du es glaubst oder nicht, aber nur deswegen bin ich heute hergekommen. Um mich für gestern zu entschuldigen."

„Schon okay", sagte ich.

„Nein, es ist nicht okay. Ich war ein Idiot. Ich hätte dein Bild nicht einfach so nehmen dürfen."

„Schon okay", sagte ich.

„Aber ich habe eine gute Entschuldigung", sagte er. „Ich war müde. Ich bin eine Woche hierhergetrampt und ich war nervös, weil ich meinen Vater wiedersehen wollte. Und dann habe ich ein hübsches Mädchen getroffen und mich total dämlich verhalten."

„Es ist okay", sagte ich. „Keine große Sache." Ich wollte einfach nur, dass er aufhörte, darüber zu reden.

„Für mich aber schon. Deswegen habe ich dir die hier mitgebracht." Er zog eine Schachtel aus der Jackentasche. Es war eine neue Schachtel Pastellkreiden. Echt gute französische Pastellkreiden. Er legte sie auf die Theke. Ich konnte es nicht glauben.

Ich schüttelte den Kopf. Das war nicht richtig. „Die kannst du mir nicht schenken!" Ich schob sie zu ihm zurück. „Die sind viel zu teuer!"

„Mach dir darüber mal keine Gedanken“, sagte er. „Ich hab gerade genug Geld.“

Ich musterte seine abgewetzte Jacke. Er bemerkte es.

„Okay, ich sehe vielleicht nicht so aus.“ Er lachte. „Aber es stimmt! Ich habe eine Menge Geld. Deswegen bin ich eigentlich hergekommen. Ich wollte meinem Dad erzählen, dass ich gerade einen großen Plattenvertrag abgeschlossen habe.“

„Echt?“ Es war wahrscheinlich unhöflich von mir, dabei so erstaunt auszusehen.

„Ja, echt. Ich dachte, Tom würde sich vielleicht freuen, mich zu sehen, jetzt, wo ich … erfolgreich bin.“ Er machte in der Luft Anführungszeichen mit den Fingern und verdrehte die Augen, als wolle er sagen: Kleiner Scherz. Dann fuhr er fort: „Eigentlich wollte ich heute zu ihm gehen, aber …“ Er zuckte mit den Schultern. „Ich hab gekniffen. Stattdessen bin ich in die Stadt gefahren, um dir die hier zu kaufen.“ Er schob mir die Kreiden wieder hin. „Komm schon. Ich bin extra für dich in die Stadt gefahren.“

Ich seufzte und betrachtete die Schachtel. Ich wusste nicht, was ich tun sollte. Es tat mir leid für ihn. Ich konnte das Geschenk einfach nicht annehmen. Aber gleichzeitig wollte ich seine Gefühle nicht verletzen. Es klang, als wäre sein Tag schon mies genug gewesen.

„Bitte …“, sagte ich. „Das ist echt nett von dir, aber es wäre mir lieber, wenn du sie behältst.“

„Nee, ich will sie nicht“, sagte er. „Ich hab mir etwas noch viel Besseres gekauft.“ Er holte die winzigste Digitalkamera, die man sich vorstellen kann, aus der Tasche. „Cool, was?“

Er kam um die Theke herum und zeigte mir, was das Ding konnte. Ich musste mich nahe zu ihm hinbeugen, um etwas zu erkennen.

„Nicht bewegen“, sagte er. Er hielt die Kamera eine Armlänge weg und machte ein Foto von uns.

Der Blitz erschreckte mich. Ich musste lachen.

„Das wird gut“, sagte er. „Deine Haare sehen klasse aus so.“

„Lügner“, sagte ich.

Er fuhr herum. „Hast du mich gerade einen Lügner genannt?“ Sein Gesichtsausdruck war total psychomäßig.

„Ich … ich hab nur gemeint, dass du wegen meinen Haaren gelogen hast!“, sagte ich. „Sie sind total strähnig und zerzaust. Sie sehen furchtbar aus. Im Ernst. Ich wollte dich nicht beleidigen.“

Er lachte, als wäre nichts gewesen. Sein Gesicht sah wieder ganz normal aus. Er sagte: „Ich bin nicht beleidigt. Das war nur Spaß. Und ich finde deine Haare toll so. Schau!" Er zeigte mir das Foto. Darauf hatte er einen Arm um meine Schulter gelegt und lächelte mich an. Ich lachte ebenfalls. Er sagte: „Du siehst fantastisch aus."

Ich wollte ihn nicht noch einmal einen Lügner nennen. Also lächelte ich bloß und sagte: „Oje, es ist fast Mitternacht. Ich muss noch die Abrechnung machen und dann los."

„Ich helfe dir, wenn du willst. Ich könnte ja kehren oder so."

Mir blieb keine Zeit für eine Antwort. Ich sah ein Auto auf den Parkplatz einbiegen, einen 1985er Impala. Das hatte mir gerade noch gefehlt: von Leo mit Devin erwischt zu werden.